Bande c

roman

Marco Koskas

GALLIGRASSUD

Copyright © 2018 Marco Koskas

All rights reserved.

ISBN: -13: 978-1717100450

ISBN - 10: 1717100457

A JO AMAR

AVERTISSEMENT

TOUTE RESSEMBLANCE AVEC DES PERSONNES EXISTANT OU AYANT EXISTE SERAIT PURE COINCIDENCE.

DU MEME AUTEUR

Balace Bounel, roman, Ramsay, 1979 Press-Pocket, 1989

Destino, roman, Grasset, 1981

L'Homme de Paille, récit, Calman Levy, 1988

La Position Tango, roman, JC Lattès, 1990

Albert Schweiter ou Le Démon du Bien, bio, J-C Lattès 1992

 Livre de Poche, 1995

Arafat ou le Palestinien Imaginaire, biographie, J-C Lattès, 1994

J'ai pas fermé l'œil de l'été, roman, Julliard, 1995

L'Hindou assis sur son trésor, J-C Lattès, 1996

Love and Stress, roman, Robert Laffont, 2002

Avoue d'abord, récit, La Table Ronde, 2007

Aline pour qu'elle revienne, roman, Baleine, 2009

Mon cœur de père, récit, Fayard, 2012

Ivresse du reproche, récit, Fayard, 2013

CHAPITRE 1

Le nouveau tramway de Jérusalem est moderne, rapide, fréquent. En moyenne : un passage toutes les quatre minutes ; aux heures de pointe, toutes les deux minutes. Il a nécessité des années de travaux et provoqué des bouchons monstres, qui ont exaspéré les commerçants et les riverains de la rue Yafo, mais toutes ces nuisances ne sont plus qu'un mauvais souvenir à présent. Depuis septembre 2011 il circule enfin. Il a modifié le paysage, d'ailleurs. Les gens ont même oublié comment c'était, Jérusalem avant le tramway. Ou sans tramway.

Seulement, personne n'est très à l'aise dans les rames. C'est malheureux, toute cette haine entre juifs et arabes ; cette méfiance et cette parano. Les attentats restent pourtant rarissimes sur la ligne. Deux ou trois voitures-béliers aux arrêts de Beit Hanina et Shua Ha Fat sur le tronçon Nord, mais jamais de coups de couteaux à l'intérieur, comme c'est arrivé tous les jours en ville et dans les Territoires ces derniers temps. On ne sait pas trop pourquoi. Peut-être qu'au fond, les juifs et les arabes de Jérusalem considèrent que le tramway est leur bien commun, et qu'il vaut mieux le préserver. Passent les Intifadas, reste le tramway...

Juliette l'emprunte le samedi soir après shabbat, en rentrant de Pisgat Zeev, et elle s'assied sans crainte dans un siège latéral parce que même si, au passage du tram, un arabe balance une pierre, ça ne brisera pas les fenêtres. Il paraît que c'est étudié pour. Les parois vitrées du tramway ont été hyper renforcées.

Elle en a pour vingt cinq minutes jusqu'à la gare routière, d'où elle va prendre le bus 490 pour Tel Aviv. Car ce soir là, Juliette fait ses grands adieux à Jérusalem. Ses adieux au Musée, c'était l'avant-veille en fin de journée. Cinq ans de gestion des réserves, sous l'autorité d'Aviva Morgenstern il a fallu tenir ! Surtout ne pas craquer... A son pot d'adieu elle a pourtant rendu hommage au grand professionnalisme de sa patronne, ses qualités humaines, sa culture, et cette vieille folle d'Aviva n'a pas réussi à retenir ses larmes.

Juliette reviendra à Jérusalem bien sûr. C'est la ville de son coeur, de son enfance et de ses premières amours ; la ville de sa mère aussi, de sa soeur Mathilde, son frère Assaf, ses copines. Elle reviendra oui, mais pas plus d'un shabbat sur trois parce que le shabbat chez Mathilde à Pisgat Zeev ça a beau être sympa c'est quand même contraignant. Pas fumer, pas téléphoner, la plaie ! Heureusement, Juliette adore ses neveux. Sept gosses en douze ans, Mathilde force l'admiration de sa soeur. Elle a eu le premier à 22 ans et le dernier six mois auparavant, à l'âge de 34 ans ; le prochain ça sera à la grâce de Dieu. Chez les orthodoxes, le taux de fécondité moyen des femmes tourne autour de six. Rien d'exceptionnel donc, sauf que Juliette a déjà 29 ans et qu'elle n'est pas près d'avoir un gosse, elle. Pas l'ombre d'un premier à l'horizon! Quelle différence entre elles deux ! Deux soeurs si dissemblables, c'est curieux. Précisons : deux demi-soeurs.

Juliette s'est pourtant promis d'avoir au moins un enfant avant ses 30 ans, mais vu comme c'est engagé avec Elias, elle a toutes les chances de ne pas tenir sa promesse. Qu'il lui ait proposé de le rejoindre à Tel Aviv, c'est déjà incroyable. Inespéré. Une aubaine, quasiment ! A croire qu'il l'aime comme on aime quand on aime vraiment. Elle l'a connu à Jérusalem l'année d'avant, et au début il ne voulait même pas qu'on les voit ensemble... Elle habitait alors un studio à Nahalat Shiva, et lui à Gilo, dans une nouvelle implantation. Quand il couchait chez elle, il détalait avant le lever du jour. Un vrai sauvage, Elias. Mais Juliette aime sa sauvagerie, justement. Quand il a débarqué à Jérusalem, il dormait dans des parcs, à la belle étoile, tellement amoureux d'Israël qu'il y vivrait comme un gueux sans se plaindre, et la plupart du temps affamé.

Quand il a quitté Jérusalem, Juliette a pensé qu'il s'installait à Tel Aviv rien que pour s'éloigner d'elle. Ben non. Finalement il tient plus à elle qu'elle ne croyait. Malgré son diplôme d'ingénieur en pétrochimie, et son admission à la FEMIS, Elias veut faire journaliste en attendant d'écrire son premier roman. IL change de vocation régulièrement. A 34 ans, il se cherche encore et ça inquiète ses proches. Et Henry Miller alors ? A quel âge il est devenu écrivain, Miller ? Elias adule Henry Miller, c'est clair. Il a relu trois fois l'intégralité de La Crucifixion en Rose, et il a toujours sur lui un des trois volets du triptyque. Sexus, Plexus, ou Nexus dépassent forcément de sa poche. Par contre, il lit et relit Céline en cachette parce que quand même, lire ce salopard au pays des Juifs c'est limite... Son copain Manu lui a offert la version du Voyage illustrée par Tardi, et Elias la feuillette pratiquement tous les soirs, à la fois enchanté et mortifié par le génie de Céline. Si le goût de certains juifs pour Céline ne s'explique pas, au moins Manu a-t-il une théorie sur son antisémitisme. Il cite toujours le passage de Mort à Crédit où Céline raconte que son père, employé aux écritures dans une compagnie d'assurances, est licencié suite à l'invention des machines à écrire. Et Céline de le singer, accusant les Juifs d'avoir inventé ces engins perfides...

D'où la théorie de Manu, selon laquelle l'antisémitisme de Céline n'est qu'une incapacité à être différent du père. Atchoum !... Elias adore cette théorie. Il adore Manu. Entre ces deux là, les trois sujets de discussions sont dans l'ordre d'importance : Céline, les femmes et Céline...

Manu aussi a fait son alya trois ans avant, on se demande bien pourquoi. Il cartonnait comme hardeur à Paris, mais il en a eu marre. 30 ans de cinéma porno, il y a de quoi. Il a transité quatre mois par Jérusalem, mais c'est une ville un peu trop spirituelle pour un mec avec un CV comme le sien ; une ville un peu trop versée dans le sacré. Même rangé des voitures, Manu traine sa vieille salissure de hardeur et préfère nettement Tel Aviv. Là au moins, il peut raconter sa carrière sans que ça ne choque quiconque...

Bref, Juliette fait le grand saut ce soir là. Elle ne connaît pas trop Tel Aviv, à part la plage de Metzitzim, et certains bars branchés de Névé Tsédek. Elle ne connaît pas grand monde non plus, à part Elias et ses potes. Ce sont tous des trentenaires, sauf Manu et Diabolo. Et des français indécrottables. Sympas mais hyper machos. Juliette aussi est française, cela dit. Mais elle a toujours vécu à Jérusalem, voilà la différence, à part ses quatre ans d'Ecole du Louvre à Paris. Merveilleux souvenirs, s'il en est. Tous ces musées, cette vie parisienne si foisonnante... Ça lui allait comme un gant, de vivre parmi les nymphes et les sylphides. Elle leur ressemble tellement !.. Aussi angélique qu'un Botticelli mails avec la fraicheur de Sandrine Bonnaire dans « A nos amours » et cette grâce si éphémère qu'ont parfois les filles entre 16 et 18 ans.

Une piéta, Juliette ; mais gaulée comme Bar Refaeli...

Elle appelle Elias pour lui dire qu'elle sera chez lui dans moins de deux heures, et elle espère secrètement qu'il lui proposera de venir la chercher en scoot à la Takhana Merkazit[1] de Tel Aviv parce que c'est vraiment un coin pourri par là-bas : le Soudanistan, comme disent les journaux. Mais Elias semble ailleurs. Il répète machinalement OK Poupée, OK super je t'attends, avec sa façon exaspérante de penser ouvertement à autre chose quand elle lui parle, sans même chercher à donner le change, et Juliette finit par raccrocher déçue, voire un peu amère, sans remarquer l'arabe fébrile qui se faufile entre les passagers debout. Au moment où il va se jeter sur elle et lui planter un couteau dans la poitrine, une détonation retentit et la carotide du type explose en mille morceaux de chair rouge qui vont se ficher dans le plafond du wagon, en même temps que ses yeux lui giclent des orbites. Il lâche son couteau mais s'effondre quand même sur Juliette, l'aspergeant de son sang. Tout s'est passé en une fraction de seconde. La vie, la mort, les cris, l'ordinaire de Jérusalem...

La Magav(2) blonde qui a tiré, se précipite sur l'arabe abattu pour dégager Juliette. Le tram s'arrête, et déjà les sirènes retentissent au loin. Tremblante et couverte de sang, Juliette titube vers la portière :

– T'es besseder ? lui lance la soldate en franbreu, tout en maintenant le cadavre au sol.

– Les portes ! crie quelqu'un en vrai hébreu, et aussitôt toutes les portes du tram s'ouvrent.

Juliette quitte la rame bouche ouverte en cherchant l'air, tandis que les secouristes surgissent de la nuit dans leurs gilets fluo. Ils l'embarquent de force dans l'ambulance, bien qu'elle soit saine et sauve. Besseder, mais quand même...Direction : les Urgences de l'hôpital Hadassah. Pendant le trajet ils lui nettoient le visage et les bras en lui posant quelques questions pour voir si elle a perdu le sens de l'orientation ou de la logique. Tout à coup elle se rend compte qu'elle a laissé sa valise dans le tram, et elle se redresse en sursaut sur la civière :

– Ma valise !

– T'en fais pas motek,(3) on va te la ramener, la rassure un paramédic aux yeux bleus.

— Mais il me la faut maintenant ! Je quitte Jéru ! Je vais vivre à Tel Aviv !... Je vais rejoindre Elias !

— Calme toi motek, lui répète le gars. Faut que tu passes d'abord chez les psy...

— Mais ils vont la faire sauter tu sais bien, c'est comme ça avec les bagages abandonnés !

— On te la rapporte à l'hosto, je te promets, lui répète gentiment le gars et il appelle les collègues restés sur place pour qu'ils mettent de côté la valise de Juliette. Juliette retombe lourdement sur la civière en maugréant. Juste ce jour là, c'est bien sa veine ! Victime d'un attentat au couteau le jour où elle va commencer une nouvelle vie et, qui sait ? faire un gosse avec Elias. Elle se fouille sans succès et se redresse à nouveau sur la civière :

— Mon téléphone !

— Là, lui indique le gars aux yeux bleus, en lui montrant le vieux Sony amoché, qu'elle tient dans sa main. Mais elle ne le voit pas. Trouble post-traumatique typique. Perte de repères. Elle finit quand même par appeler Elias mais elle tombe sur sa messagerie : « Mon cœur, j'ai failli mourir un attentat j'ai failli failli failli mourir, répète-t-elle les larmes aux yeux. J'ai failli prendre un coup de couteau Elias ! Pour toi ! Pour te rejoindre ! Je t'aime tellement, pourquoi tu me réponds pas ? », et elle se met à sangloter ; à se lâcher dans le message. Tout y passe : bâtarde, mal aimée, la totale...

Ils la placent en observation.

Sa mère débarque à Hadassah affolée. Depuis le temps qu'elle a envie de quitter ce pays ! Qu'est-ce qu'elle fout encore là, bon sang ! Si elle reste, c'est seulement pour Juliette. Mais à l'idée de perdre sa fille dans un attentat elle se croit capable du pire. En même temps, c'est juste une expression qui lui trotte dans la tête,

« se croire capable du pire ». Quel pire ? Dans la bouche de feu le père de Juliette oui ça avait de l'allure, mais pas dans la sienne. Elle réutilise cette expression sans trop en connaître le sens, par fidélité aveugle à son grand amour ; comme une citation ou mieux, une incantation ; presqu'une prière à Dieu-le-Père.

Une heure plus tard, ça recommence. Juliette se fouille :

– Où j'ai mis mon téléphone, merde !?

– Dans ta main chérie, lui répond sa maman

Elle rappelle Elias et tombe encore sur sa messagerie, alors elle raccroche et lui balance un texto cette fois, plein d'affliction et de larmes : « M'abandonne pas Elias, s'il te plait. Tu peux pas savoir ce que G eu peur. J'avais RDV avec la mort, t'imagines ? Avant même d'avoir eu un gosse de toi ! Rapl moi, je t'en supplie. Rapl vite ! Je veux entendre ta voix. Je veux un enfant de toi ! » ...

CHAPITRE 2

Elias lit ça en arrivant au Florentine 10, et lâche un soupir d'accablement. Pourquoi l'a-t-il laissé venir ? Il veut juste écrire son roman, pas convoler ni même former un couple. C'est pourtant clair, quoi !

Il s'attable avec Manu et l'anorexique dont il ne se rappelle jamais le nom. Ah oui Scarlett ! Toujours en robe et talons hauts mais la peau sur les os, elle est marrante ; elle a du style. On la croirait un peu snob si elle n'était pas fan de l'Hapoël Tel Aviv, le club des blaireaux. Mais Scarlett assiste à tous les matchs de l'Hapoël au Stade Blumfeld, et c'est comme si une bourge de Neuilly raffolait du Red Star...

— Mauvaise nouvelle ? lui demande-t-elle en hébreu, parce que Elias a bien assimilé la langue.

— Un attentat à Jéru, répond-il, c'est une amie la victime. Et à Manu, plus bas mais en français : C'est Juliette.

— Hein ?! Juliette ?! Elle est morte ? s'inquiète Manu.

— Non non... répond Elias sans affectation, et on dirait à ce moment là qu'il aurait préféré répondre oui, annoncer sa mort, enfin pas une vraie mort sans lendemain mais disons une mort symbolique qui ferait disparaître Juliette de sa vie et que ça mette un point final à cette histoire. Quand il n'y pas moyen de finir avec une fille, la mort oui, on y pense, pourquoi pas ? Mais alors, ça rime à quoi de la faire venir, et lui redonner espoir s'il rêve d'en finir ? Pourquoi l'entretenir dans cette cruelle illusion ?

– Elle est où, là ? s'inquiète Manu.

– A Hadassah.

– Elle arrive quand, du coup ?

– Ben j'en sais rien...

– Elle est blessée ? -

– Je te dis qu'elle a rien.

– Grave ?..

– T'es sourd ou quoi ?! s'énerve Elias. Rien c'est rien !... Mais elle reste en observation à l'hosto.

Ils commandent une bouteille de Merlot. A 36 shekels le verre, autant prendre une bouteille puisque ça fait six verres en tout, donc deux chacun, donc une économie de 36 shekels environ. Neuf euros, quoi. Depuis la baisse de l'Euro c'est encore plus cher. Ça douille, le rouge à Tel Aviv ! Et pas que le rouge français. Le rouge local c'est à peine deux ou trois shekels de moins le verre. Ils se sont mis aussi à faire du vin, les Israéliens. Et du bon ! Il parait d'ailleurs que le mot Chardonnay est la prononciation française d'une vigne de Jérusalem qui s'appelait Char Adonaï, autrement dit: le portail de dieu. Mais ça doit être une blague sioniste...

Diabolo appelle Manu à ce moment là, pour un job de reporter à Israël Breaking News, et Manu lui répète pour la énième fois qu'il ne sait rien faire d'autre que niqueur professionnel, et en plus il a arrêté le métier. A force, il lui demande si « c'est pas pour m'emmerder, que tu me proposes tout le temps ce job » .

— Mais non je déconne, c'est juste parce que je fais un barbecue ce soir et y aura Romy Schneider...

— Tu jures ?

— Parole...

— OK je viens avec Elias et une copine que tu connais pas...

— Juliette ?

— Mais non, Juliette elle est à l'hosto. Elle a failli y passer, dans un attentat...

— Quoi ! L'attentat de Jéru ?...

— Oui de Jéru.

— Mais c'est un scoop ! Envoie Elias l'interviewer ! Manu se tourne vers Elias, qui lui fait un signe négatif de l'index, et Diabolo réagit mal :

— C'est pas possible ! Qu'est-ce que vous avez contre la presse ?...

— Tous des relous, lui répond Manu en pouffant.

— Passe moi Elias !

S'ensuit un marchandage laborieux entre Diabolo qui veut son interview exclusive de Juliette-la-miraculée, et Elias qui refuse de céder. C'est vrai qu'en ayant le portable de la victime et une relation perso avec elle, Elias pourrait en sortir un scoop de folie pour la nouvelle agence. Ça le lancerait aussi comme journaliste. Seulement voilà, il refuse obstinément de mettre cet heureux hasard au service de Diabolo. Pas question que sa relation avec Juliette s'officialise, en écrivant sur elle. Le pathos, à d'autres ! Il est vraiment braqué. Cela dit, Israël Breaking News, l'agence de Diabolo, il n'y croit pas non plus. Il est même sûr que ça va planter grave. Il y a déjà tellement de blogs francophones en Israël ! A-t-on vraiment besoin de médias supplémentaires pour un si petit marché ?

Rien que par amitié pour Diabolo, Elias pourrait quand même faire un effort. Mais non. Il ne veut ni bosser pour Diabolo ni interviewer Juliette.

— OK alors est-ce que tu me donnerais son phone, que je fasse l'interview moi-même ? insiste Diabolo.

— Arrête, elle sait qu'on est potes, rétorque Elias.

— Je la fais appeler par quelqu'un qu'elle connait pas, tu veux bien ?

— Par qui ?

— Jonathan, tiens ! Ils se connaissent pas, t'es d'accord ?

— Lequel Jonathan ?

— Simsé...

— OK d'accord (et là, Elias finit par lui donner le numéro).

— Super, merci Eli. On se voit tout à l'heure au barbecue ?

— Mais c'est à quelle heure ton barbecue ? soupire Elias. Il est déjà neuf heures.

— La vie commence à minuit, glousse Diabolo et il raccroche

Ce qu'elle le colle ! Un vrai chewin-gum à la semelle... Elle envahit sa vie, elle annexe même ses amis avec son malheur. Et pourtant il ne connaît pas son bonheur, Elias. Une beauté comme Juliette, la plupart des mecs y vont à plat ventre. Le fameux Jonathan Simsem, tiens ! Après l'interview au téléphone, il reçoit un selfi de Juliette dans son lit d'hôpital, et il en tombe à la renverse.

— T'as vu cette bombe ? fait-il à Diabolo, qui se renfrogne.

— Déconne pas Jojo, c'est la femme d'Elias ! répond Diabolo avec la noirceur de parrain qui traverse parfois son regard, et Jonathan s'écrase aussi sec. Mais le meilleur argument de Diabo, reste sa carrure bien sûr. 140 kg sur la bascule, ça pose son homme. Il faudrait pourtant qu'il en perde au moins le tiers. Quitte à se faire poser un anneau à l'estomac, c'est impératif qu'il maigrisse. Toute cette mauvaise graisse pourrait bien lui bousiller les coronaires. 48 ans c'est l'âge idéal pour un arrêt du coeur.

CHAPITRE 3

Avant même d'arriver chez Diabolo, on sent de loin l'odeur de viande grillée qui se propage dans tout le Kerem Ha Temanim (4) ce soir là. Elias en a l'eau à la bouche et Scarlett un haut le cœur, tandis qu'une certaine fébrilité agite Manu à l'idée de revoir Romy Schneider. Mais il n'en montre rien. Elle a fini par rentrer, après deux mois d'immersion en kibboutz à Beit Hel, pour essayer de progresser en hébreu ; et aussi pour faire des économies, puisqu'elle a pu louer son appartement de l'avenue Dizengoff en RBndB à des touristes. D'un autre côté, la torture va recommencer pour Manu. Il y a des femmes que ça excite follement de savoir qu'il était hardeur, comme si c'est la garantie qu'il est aussi un super bon coup. Pas Romy. Rien à foutre de ses talents sexuels. De toute façon elle ne veut plus de mecs. Elle le lui a dit vingt fois. Il est quand même fou d'elle, ce pauvre Manu. Et puis il sait bien qu'aucune femme ne reste longtemps abstinente. Elle a forcément un plan cul à Tel Aviv, Romy. Mais c'est qui ? Quel est ce salopard d'heureux élu ?...

La boite à Havanes de Diabolo trônant au milieu de la table sur la terrasse, Elias pioche d'emblée deux Cohibas et s'en met un dans la bouche, l'autre dans la poche de sa chemise, sans se cacher ni faire des manières. Il se sert en viande sans gêne non plus, une assiette pleine à ras bord, parce qu'il n'a rien mangé depuis la veille à midi. Il saute des repas très souvent mais il n'en parle jamais, ou alors en blaguant : « je saute autant de repas que de filles », paraît-il. Tombeur Bac+10 mais sous-alimenté, le pauvre Elias... Diabolo au charbon, Elias qui baffre et Manu tout puceau avec Romy, Scarlett et Jonathan Simsem qui papotent en hébreu dans un coin, c'est l'ambiance de la terrasse en début de soirée. Dans le ciel criblé d'étoiles, la pleine lune auréole le Royal Beach d'un halo de particules argentées, et cette nouvelle résidence pour milliardaires en jette plus qu'à l'accoutumée, dirait-on, sous la brume stellaire. Depuis que le Royal Beach s'est dressé sur la Tayelette(5), le seul bout de mer encore visible jadis de chez Diabolo, est bouché. De toutes façons, le paysage de Tel Aviv change tous les jours. Aucune vue sur la mer n'est plus garantie. Ça construit partout.

– Monte nous deux autres bouteilles de rouge, Jonathan ! lance Diabolo à la cantonade, et le jeune apprenti journaliste dévale aussitôt l'escalier pour aller chercher du vin à la cuisine.

– T'arrête de le traiter comme ça, souffle Romy énervée.

– Ben quoi ? fait Diabolo goguenard, lui au moins il veut bien bosser avec moi. Allusion à peine voilée au refus d'Elias de travailler à Israël Breaking News :

– Te plains pas, grâce à moi, IBN a eu son premier scoop! lui répond Elias du tac au tac.

– Je reconnais, fait Diabolo beau joueur. Je te garantis qu'avec la photo de Juliette en accroche le papier va être repris partout.

Une certaine Sandy débarque à ce moment là sur la terrasse, elle aussi apprentie-journaliste à Israël Breaking News, et se dirige directement vers Elias dans le canapé d'osier. Comme téléguidée. Ou aimantée. Il les attire vraiment comme les mouches. Une demi-heure de conversation et la voilà littéralement vautrée sur lui. Et il se laisse faire sans plus penser à Juliette. Enfin si, en y pensant un peu. Mais à contrecœur. D'ailleurs on dirait que les couples se forment vite ce soir là, car au on note aussi un net rapprochement entre Diabolo et Scarlett même si le gabarit de l'un et de l'autre pose quand même problème. Laurel et Hardy, ça fait de bons films burlesques, pas des couples assortis. Toute mouillée elle lui cède facilement cent kilos sur la bascule. De son côté, Manu ose enfin regarder Romy dans les yeux. Le vin aidant, il commence même à vanner et la faire rire. A un moment donné il lui prend la main et elle le regarde alors avec un air attendri et néanmoins irrité : «combien de fois faut-il te répéter que j'ai pas envie ?», lui chuchote-t-elle en souriant ; pour une fois en souriant. D'habitude, elle est sans aménité avec lui. Romy accepte pourtant qu'il la raccompagne avenue Dizengoff.

Du Kerem jusqu'à chez elle, il faut compter une bonne demi-heure de marche en longeant la mer par la Tayelette. Ça crée des liens en général, et parfois, même quand la fille n'en a pas une folle envie, elle finit par accepter, juste pour ne pas dormir seule ou même par lassitude. Manu compte un peu là-dessus ; il nourrit toujours l'espoir qu'elle finisse par céder. C'est d'ailleurs dommage qu'elle ne veuille pas de lui, parce qu'ils formeraient un joli couple. Malgré ses 60 ans, Manu a une désinvolture naturelle très intrigante, un vrai détachement, tandis que Romy hé ben Romy, elle fait irrésistiblement penser à Romy Schneider. Et puis elle a déjà une bonne cinquantaine d'années, donc ça le fait. Ils sont quasi congénères. On dirait un couple de Claude Sautet, même. Une fois devant sa porte, il lui annonce timidement qu'il est en train d'écrire un scénario dont elle est l'héroïne :

— Mais t'es dingue, Manu ! s'emporte-t-elle. T'es juste dingue!

— Qu'est-ce que tu sais de moi pour écrire un scénario sur moi?

— Je sais l'essentiel...

– Arrête... Et puis depuis quand t'es scénariste ? T'as juste fait du X, c'est pas du cinéma...

– T'es obligée de me blesser ?

– Pardon... Excuse moi... Ça me touche que t'écrives sur moi tu vois mais, comment te dire ? tu vois je veux juste qu'on soit copains...

– Eh ben justement, c'est l'histoire d'une nana qui veut juste être copine avec un mec qui est fou d'elle. C'est un grand classique, non ?

De son côté, Elias n'a aucun mal à ramener la fameuse Sandy dans son réduit de Florentine, à l'angle de Lewinski et Hertzel. A peine arrivés en bas, ils sont déjà en haut, et à peine en haut, Elias fourrage entre ses cuisses. Cette Sandy n'a pas les pudeurs de Juliette, au moins. Car Juliette est capable de glousser quand il la lèche, comme s'il la chatouillait ! Sandy brâme, tellement elle aime ça, et Elias ne la lâche que vers six heures du matin, ivre mort de jouir. Une qui aime les cunnilingus, c'est si rare ! Enfin non, il y en a plein d'autres. Mais ça le change de Juliette à qui ça fait comme des guili guili.

Au lieu de rentrer tranquillement à Florentine, sur le pas de sa porte, Manu chope Romy et l'embrasse sur la bouche malgré elle. Il lui fourre sa langue, elle le repousse, mais il redevient priapique et il l'enserre entre ses bras. Elle se débat mais il la renverse sur le divan de l'entrée et lui arrache sa culotte. Cet amour fou est en train de tourner à la folie tout court, parce que Manu n'en peut plus que Romy le repousse depuis un an. Il est en train de péter un câble. Son démon l'a repris sans crier gare, et il lui écarte les cuisses de force. Au moment où il va la pénétrer, elle lui enfonce son doigt dans l'œil et là, il lâche prise :

— Va-t'en ! lui crie-t-elle folle de rage, alors qu'il est déjà dehors, la main sur son œil qui pisse le sang. Va-t'en, espèce de minable !... Et que je ne te revois plus !

— Alors on va faire ça assis ? propose de son côté Diabolo. Mais à cause de son ventre proéminent ça ne fonctionne pas. Du coup, il s'allonge, et Scarlett grimpe sur lui mais à califourchon en lui tournant le dos. Ça fonctionne un peu mieux de cette façon là. Seulement les épaules scrofuleuses de Scarlett laissent à Diabolo l'impression déplaisante de copuler avec un petit garçon, ou une petite fille, d'où cette érection sans allant qui blesse toujours Scarlett. Mais elle a l'habitude.

Le lendemain vers midi, Elias et Sandy se réveillent fichés l'un dans l'autre. Ils finissent quand même par se lever. Elias prête une chemise à Sandy parce qu'elle est sortie sans rien emporter, et puis c'est vraiment sexy les filles en chemises d'homme trop grandes. Il vide le frigo pour préparer un petit dej à l'israélienne, avec des œufs et du fromage, de la salade de tomate-concombres-houmous et téhina, un plein pot de café plus une carafe de jus d'orange. De quoi les caler jusqu'au soir. Le philosophe Maïmonide recommandait d'ailleurs de manger le matin comme un roi, à midi comme un bourgeois et le soir comme un mendiant, parait-il. Depuis qu'il est en Israël, Elias suit cette diète à la lettre mais juste le matin, car à midi et le soir il a souvent l'estomac dans les talons.

— Comment on dit déjà concombre en hébreu ?... lui demande Sandy.

— Mélaféfone, répond-il, et Sandy ne peut s'empêcher de pouffer parce que ça sonne quand même comme une cochonnerie en français.

- Mets la féfone dans ta foufoune, dit-elle morte de rire et il n'en faut pas plus à Elias pour que ça le reprenne. Elle le surexcite au moindre mot. Mais elle l'irrite aussi. Elle l'irrite déjà. Il la baise à nouveau avant même qu'elle ait fini sa collation, et lui fourre la bite dans sa bouche encore pleine de salade. Le seul hic c'est qu'on sonne à ce moment là. En plein milieu du truc. La proprio à coup sûr ! Vieille chieuse. Elias s'interrompt de mauvais coeur, range son machin tout enduit de vinaigrette, et va ouvrir. Bon sang, Juliette!...

Juliette entraperçoit tout de suite Sandy dans le canapé recouvert d'un cache-misère rouge, et là, son cœur se brise en mille morceaux. Oh non pas ça ! C'est pire qu'un coup de couteau. Où aller ? Que faire ? Pourquoi la vie est si peu arrangeante avec elle?...

– C'est pas du tout ce que tu crois !se défend quand même Elias encore en pleine érection.

Pourquoi avoir fait venir cette pauvre fille si c'est pour l'humilier comme ça ? Mais l'a-t-il vraiment fait venir ? N'est-ce pas elle qui lui a annoncé qu'elle venait s'installer à Tel Aviv ? Il aurait dû lui dire non, voilà son erreur. Mais il n'a pas osé. En tous cas, si chacun a sa version des faits, une chose est sûre au moins : il la trompe ouvertement, et elle ne supporte pas ça...

Juliette tourne aussitôt les talons. Elias essaie de la rattraper mais elle le repousse. Elle redescend en pleurs l'escalier pourri, tandis que Sandy crie : « Elias tu reviens, oui ?!».

Le pire dans tout ça, c'est qu'Elias n'ait pas débandé une seconde malgré le drame...

CHAPITRE 4

Juliette se traine en larmes dans Florentine sans trop savoir où aller, et pas mal de gars sont tentés de la consoler en chemin. Une si jolie fille ! Mais elle les repousse tous et, pour que cesse le manège, elle remet les Ray Ban cerclées qui la rendent encore plus sexy mais moins accessible. Elle remonte la rue Vital, où règne un grand calme en milieu d'après-midi, contrairement au soir, et vient finalement se poser à la terrasse du Florentine 10, le cœur lourd. Triste et nauséeuse. Pourquoi avoir largué son job au Musée et son appartement de Jéru ? Quelle bêtise !... Comment a-t-elle pu croire qu'elle rejoindrait Elias sans drame, et sans désillusion ? Quelle naïveté de croire au shlom habaït(6) avec un névrosé diasporique comme lui! Et combien de temps va-t-elle tenir à Tel Aviv avec ses 5.000 shekels ?

Manu ne l'a vue que deux ou trois fois, quelques mois auparavant, mais à l'époque il avait ses deux yeux. Avec un pansement sur l'œil droit, il y voit évidemment moins bien. Romy l'a vraiment amoché, et il a passé la nuit aux Urgences Ophtalmo de l'hôpital Hikhilov. Les médecins ne sont pas sûrs qu'il récupèrera son œil, mais ils ont fait le maximum. Le temps rendra son verdict. Alors il quitte le zinc du Flo 10 pour se rapprocher, et une fois qu'il se trouve à un mètre d'elle, plus aucun doute n'est permis : «Juliette ?» fait-il à voix basse parce qu'il sent qu'elle est en plein drame. Elle lève la tête vers lui et, sitôt qu'elle le voit éborgné, on dirait que son propre drame cède à celui de Manu :

— Mon pauvre Manu, fait-elle toute bouleversée, qu'est-ce qui t'es arrivé ?

— Rien, un accident domestique, prétend-il. J'ai pris le bouchon d'une bouteille dans l'œil…

Juliette se lève et le serre dans ses bras, émue aux larmes.

— Tu as échappé à un attentat, on m'a dit… T'as dû avoir une frousse bleue, non ?…

— Assis toi, assis toi je t'en prie, fait-elle, sans même répondre à sa sollicitude et elle sort un mouchoir de son sac à main pour l'essuyer, le panser ou pour on ne sait pas quoi au juste, dans un réflexe compassionnel qui la caractérise.

— Non mais ça va, dit d'abord Manu en s'asseyant. Puis il la scrute de son œil unique et se rend compte que des larmes coulent sur ses joues : mais tu pleures ou j'ai la berlue ?..

— Aucune importance, répond-elle d'une voix tremblante.

— Dis pas ça. Qu'est-ce qui se passe ? C'est à cause d'Elias ? et elle hoche la tête de bas en haut, secouée par un sanglot. Alors à son tour, Manu la prend dans ses bras. Il n'est pas sensé avoir vu Sandy vautrée sur Elias la veille, hein ? Il peut jouer l'étonné. Poser des questions. Faire celui qui n'est pas au courant…

— Eh ben voi-aalà quoi, hoquète-t-elle, il était avec une… autre quand j'ai débarqué… Voilà quoi… Il saaaa-vait pourtant que j'aaarrivais. Il l'a fait exprès, c'est pas possible autrement… Il est tellement destructeur !!!.

Manu lui commande un café Affour et lui tend un kleenex en répétant bêtement allez-allez ça va aller, tout va s'arranger, faut pas tirer un trait, patati patata. De toute façon les gens sont inconsolables. Alors pourquoi essayer ? On perd son temps, et on le sait bien. Mais d'un autre côté, comment regarder quelqu'un pleurer sans rien tenter pour l'apaiser ? Surtout une si jolie fille... La fragilité de Juliette l'a frappé dès la première fois où il l'a vue, mais à l'époque elle se dominait tellement bien que Manu avait été impressionné. C'était une soirée à Jérusalem, et il l'avait trouvée vraiment stoïque face à Elias qui la maltraitait déjà. Pas un cri, pas une larme. Fierté et port de tête bien droit, elle était demeurée souveraine. Mais ça, c'était à Jéru, et c'était avant. La pauvre chérie n'est quand même pas en béton. Elle doit bien avoir un seuil de tolérance ; ne pas pouvoir toujours tout supporter aussi stoïquement. Dans ce genre de circonstances, pour aider ceux qui souffrent, il vaut mieux essayer de changer de registre en posant des questions concrètes. Seule la vie matérielle peut s'imposer aux humeurs et aux affects, et changer l'atmosphère, d'après Manu :

– Alors tu vas rentrer à Jéru ?

– Mais non-on on ! proteste Juliette. Je suis ve-eu-nue m'installer à Tel Aviv et j'ai plus où habiter à Jéru. Enfin, à part chez ma mère...

– Donc il te faut un endroit ?

– Bah oui..., admet-elle en reniflant.

– J'ai la clef d'un appartement dans les Haricots de la rue Abarbanel.

– C'est à qui ?

– T'occupe... C'est des nouveaux immeubles tout neufs devant chez moi. On dirait des haricots. Tu vas t'installer là. OK ?

– Vraiment ? C'est possible ?

– Ben oui, le temps que tu trouves un truc...

– C'est gentil Manu, mais je me sens pas de rester seule en ce moment... Je peux pas habiter chez toi, plutôt ?...

– Bbbien bien bien sûr, bégaie d'abord Manu très embarrassé... Mais tu crois pas que enfin, par rapport à Elias...

– Je t'en prie, l'interrompt Juliette à nouveau en sanglots. Ce sera un secret...

– Non mais t'imagines ? Si Elias se rend compte que t'habites chez moi ?...

– Je suis pas en état de rester seule, Manu... Comprends moi...

Un bip tinte dans le téléphone de Manu. Alerte. Une roquette est partie de Gaza. Ça faisait longtemps, dis donc ! Après un an de pause, ça les reprend. Depuis l'été 2014, l'alerte n'avait plus sonné sur l'iPhone.

– C'est tombé où ? demande Juliette distraitement

-Conseil Régional d'Eshkol, comme dab, répond Manu en haussant les épaules.

– Gobe ça..., fait Juliette en souriant.

L'alerte y fait aussi, pour dissiper son chagrin. Quand il y a quelque chose de plus grand que soi comme la guerre, ou la haine sans visage, comme ces bombardements au pif du Hamas sur les villes du sud, alors on s'oublie plus facilement. Reste que pour l'intifada des couteaux, on est à la peine et on ne trouve pas de solution.

Bref, installer Juliette chez soi quand on est le meilleur ami d'Elias, Manu préfère ne pas penser au sac de nœuds que ça va être, même s'il est bien décidé à faire que le séjour de Juliette chez lui soit le plus bref possible. Car il faudra mentir. Mentir aussi sur son œil, non seulement à Elias et Diabolo mais également aux autres, et même aux serveuses du Flo 10 ; des filles qui sortent à peine de l'armée, ravissantes et pétillantes, et qui veulent toujours tout savoir sur sa vie. Elles posent plein de questions, et à force elles savent tout, sauf qu'il a fait 30 ans de cinéma porno. Il leur a juste concédé un film de ce genre, et ça les a vraiment fait marrer. Ou alors elles s'en fichent. Avec elles, le bobard du bouchon a marché; Elias et Diabolo, eux, vont poser des questions plus précises.

En plus, il s'agit quand même d'une tentative de viol, et sur une amie du groupe qui plus est. On peut toujours dire qu'il a juste essayé de la pécho, mais si Romy porte plainte Manu se retrouvera direct en cabane. En Terre Promise, ça ne rigole pas. Un jeune type a pris 10 ans la semaine d'avant, pour avoir juste essayé d'embrasser une fille par force. Même Katzav, l'ancien président de l'Etat d'Israël, croupit à la prison de Ramlé en cellule VIP, pour avoir abusé de sa secrétaire. Israël est une hyper démocratie avec un système judiciaire le doigt sur la gâchette, sans pitié pour les puissants, et c'est comme ça. La chance de Manu c'est d'avoir déjà été borgne pendant quelque temps dans sa jeunesse, suite à une uvéite, et il se dit qu'il suffira de prétendre que c'est une nouvelle inflammation de ce genre. Ça évitera les questions…

CHAPITRE 5

En arrivant chez lui, Juliette est saisie par la beauté du panorama, avec la mosquée de Yafo et l'église américaine côté sud du rivage comme deux tours de guet rivales sur la Méditerranée. Si un nouvel immeuble s'est dressé ces derniers mois côté nord, comme exprès pour boucher une partie de la vue sur mer, il en reste assez pour que Manu se sente comblé, et remercie tous les matins le bon dieu de lui offrir un tel paysage. Certains matins il oublie pourtant d'exprimer sa gratitude, et ensuite il se sent fautif. Il craint alors que le bon dieu ne puisse plus le piffer...

Pendant que Juliette va sur le balcon, Manu fait de la place pour ses affaires dans la penderie et, pour qu'elle soit tout à fait à l'aise, il lui cède sa chambre. Elle proteste un peu pour la forme, mais pas que pour la forme non plus, car elle éprouve une gêne furtive à l'idée qu'un soir Manu vienne se ficher dans le lit, alors que par ailleurs elle a une totale confiance en lui et qu'elle nourrit à son égard les tendres sentiments de l'orpheline pour une figure paternelle. Mais elle sait aussi que quelque chose lui pend entre les jambes comme tous les hommes, ça a même été son gagne-pain pendant 30 ans, et que ça peut se réveiller d'un moment à l'autre, ces machins là... Or Manu ne pense qu'à sa relation foutue avec

Romy. Pourquoi lui a-t-il fait ça ? Quelle connerie ! Est-ce seulement réparable ?

— Elle veut porter plainte !...

— Déconne pas !

— Parole !

— Putain mais je vais aller en taule !

— Nan ! Je l'ai calmée avec 3.000 shekels... Mais ça me coûte cher tes folies ! T'as du bol qu'elle croit toujours manquer de fric...

— T'es sûr qu'elle va pas porter plainte quand même ? s'inquiète Manu.

— Si t'as deux secondes à perdre, pense quand même à me dire merci ! rétorque Diabolo vaguement contrarié par l'ingratitude de Manu, et il raccroche.

— Il faut que je me prépare, annonce soudain Elias...

— Et donc ? fait Sandy.

— J'ai besoin de me concentrer...

— Et donc ?

— Donc il faut que je reste seul, finit par dire Elias, et Sandy le regarde écœurée :

— Après t'être bien éclaté dans mon cul, c'est ça ?

Il passe directement sous le jet d'eau de son réduit, un dégagement d'un mètre carré sans paroi, badigeonné à la chaux orange. Depuis qu'il habite là, il n'a même pas investi dans un rideau de douche, et Sandy éclaboussée finit par admettre qu'elle est maintenant en trop, et elle détale en l'insultant.

Elias a beau jouer les cyniques, le mal qu'il a fait à Juliette le harcèle, et c'est toujours le même processus destructeur avec les femmes : il a besoin de blesser l'une pour aimer l'autre, chasser l'autre pour revenir à la précédente, comme s'il y avait un lien entre toutes ces femmes et que, le tort qu'il fait à la première est réparé par le bien qu'il fait à la suivante, et ainsi de suite. Or le lien, c'est lui ; lui et sa violence...

En s'habillant il se dit qu'il va rappeler Juliette pour s'excuser, mais pas tout de suite. Il ne veut rien lui devoir ; qu'elle n'attende rien de lui, même s'il a une grande tendresse pour cette fille ; pas de l'amour, juste de la tendresse. Il appelle Manu pour lui raconter la scène qui a eu lieu avec elle quand elle a débarqué mais Manu, qui est déjà au courant, et gêné par la présence clandestine de Juliette chez lui, détourne la conversation sur l'état de son œil.

– Comment tu t'es fait ça ? demande Elias.

– Eh ben je comptais te raconter un bobard, mais comme Diabo est déjà au courant, autant te dire la vérité...

– T'en fais pas, on est un tout petit monde, conclut Elias. Un microcosme, même ! Si Romy a accepté du pognon, elle va quand même pas te balancer en plus...

– Tu crois ?

– Oui vraiment... Sois tranquille.

– Tu fais quoi, là ?

– J'ai rencart à H24 pour un taf... Je peux passer après, si tu veux

– Ah non non non ! s'écrie spontanément Manu affolé. Retrouvons nous je sais pas moi à l'Espresso Bar.

– OK vers 18h répond Elias, sans se questionner sur le ton désemparé de Manu.

– C'est quoi la FEMIS ? lui demande Marcel, le recruteur de la chaine H24, et Elias ne peut s'empêcher de le prendre en pitié au lieu de lui répondre. Alors Marcel enchaîne directement :

– Toute façon même si t'as réussi le concours, t'as pas fait l'école on est d'accord ?

– On est d'accord… J'ai fait mon alya à la place.

– Et tu sais te servir d'une caméra ?

– Bien sûr.

Comme toutes les news-rooms, celle de H24 pullule de belles nanas affairées mais souriantes, et Elias se dit qu'il est vraiment tombé sur le plus gros filon de femmes de tout Israël. Il en repère quatre en un coup d'œil - dont une certaine Danielle Godmiche, sublime sépharade à queue de cheval et chemise à carreaux, fine comme une épure. Mais celle sur laquelle son regard s'attarde et revient sans cesse, est une liane blonde de 24-25 ans en tennis blanches et mini robe de dentelle noire.

– Alors t'es ingénieur et tu veux faire journaliste ? insiste le recruteur.

– Ben oui, répond Elias, Miller était bien employé de bureau et il est devenu écrivain à 42 ans tu sais…

– Miller ? Je croyais qu'il était animateur-télé moi…

– Celui là a d'abord été psychanalyste, lui…

– Employé de bureau ou psychanalyste ? fait Marcel désorienté.

La blonde lui sourit d'un air navré. Sans se rendre compte, Elias se rapproche d'elle en délaissant complètement l'entretien en cours, vu le niveau. Mais tandis qu'il glisse en douceur vers elle, Marcel continue à le questionner. Manœuvre de séduction involontaire mais totalement réussie, parce que le recruteur suit Elias comme son ombre et se tient juste derrière lui en prenant des notes…

– Je m'appelle Olga, lui dit la jolie blonde.

— T'es ukrainienne ou quoi ? demande Elias.

— Non non, c'est ma mère l'ukrainienne. Mais j'ai grandi à Chambéry…

— T'es arrivée quand en Israël ?

— Il y a deux mois. J'ai démarré sur une chaine hippique à Paris et on m'a proposé un stage ici alors voilà…

— Ça t'intéresse un essai comme permanent à la frontière de Gaza ? fait le recruteur, profitant d'un petit silence entre les deux tourtereaux.

— C'est payé combien ?

— Huit mille…

— Je risque pas ma vie pour huit mille boules par mois, répond Elias sans se retourner.

— On peut monter jusqu'à neuf mille en cas d'essai concluant, enchérit Marcel, le rédac-chef.

— OK pour dix mille répond Elias. Tu me prépares un contrat ?

Une pêche miraculeuse ce rendez-vous d'embauche, parce que d'un coup d'un seul Elias a décroché et le boulot et un dîner le soir même avec la merveilleuse Olga. Embauché et amoureux ! Vraiment amoureux. Le coup de foudre total. Seul hic, il n'a pas un sou en poche et il ne peut plus tirer sur sa carte bleue. Alors en chemin, il monte chez Manu lui emprunter 300 shekels. Toc toc toc… Manu fait signe à Juliette de gagner sa planque dans la penderie, et Juliette obéit en glissant sur le carrelage. De toute façon ils doivent se voir un peu plus tard à l'Espresso Bar sur le Boulevard Rothschild. Mais c'est quand même pénible de devoir planquer une fille chez soi.

Finalement Manu préfère lui prêter cinq cents shekels plutôt que trois cents. Ce serait bête d'être trop juste au moment de régler, non ?... Ça créerait un malaise avec sa nouvelle conquête. Car Elias a l'air vraiment amoureux ! Mais il parle fort, s'écrie qu'il l'aime déjà et Manu lui fait de grands signes pour qu'il baisse d'un ton car Juliette doit tout entendre dans la penderie.

Une fois qu'Elias est reparti, Manu va chercher Juliette dans sa cachette, très embarrassé, espérant qu'elle n'a rien entendu ou pas compris exactement ce qu'a dit Elias.

– Je suis désolée dit-elle en quittant la penderie. Si c'est vraiment trop pénible pour toi, je peux m'en aller...

– (Ah tant mieux se dit Manu, on dirait qu'elle n'a rien entendu). Non non, c'est juste un sac de nœuds, répond-il...

– Tu vois dit-elle en se mordant les lèvres, je suis un poids pour tout le monde... Je suis de trop sur terre... (les larmes coulent à nouveau de ses yeux) Depuis le berceau je dérange... Je suis une bâtarde et c'est tout !

– Mais arrête, dit Manu en l'enlaçant. Je suis très content que tu sois là... atteint

– Darling, ça fait vingt quatre heures que tu habites chez moi. Tu vas rentrer dans le Guiness, je te jure ! dit Diabolo de son côté à Scarlett, et, bien qu'elle ne comprenne pas exactement le sens de chaque mot, celle-ci sent bien qu'elle a atteint les limites de son séjour au Kerem:

– Eh ben embauche moi, je suis quand même israélienne, je peux être utile, lui répond-elle en anglais sans pathos.

– OK tu t'occupes du foot ?

– Ça me va. Je veux quatre mille shekels par mois, exige-t-elle et Diabolo les lui accorde rien que pour se débarrasser d'elle...

Les cordons de la bourse se desserrent chaque jour davantage, mais Diabolo reste optimiste. Il table sur un millier d'abonnements dès la première année à son fil. Rien qu'en Afrique il espère une bonne centaine de médias francophones, dont les télés nationales. Et, sans rentrer dans les détails, avec la version anglaise qui va commencer à émettre, Israël Breaking News devrait également s'attirer la clientèle nord-américaine et équilibrer ainsi ses comptes. Ensuite, fortune ou faillite, on verra…

CHAPITRE 6

Malgré la fraicheur du soir, Elias emmène Olga sur le balcon de l'Hôtel Montefiore qui ne compte que deux tables, mais elles sont réservées des mois à l'avance. Les traders de Ramat Gan vendraient leur mère pour diner là avec une fille. Nappes blanches et couverts en argent, pas du tout le style israélien donc, et même à Tel Aviv ce n'est pas si courant que ça dans les restos branchés. Jusqu'aux calorifères encastrés dans des consoles designées par des doigts de fée, qui nimbent les couples d'une lueur un peu rosée, tout est d'un raffinement exquis, et n'importe quelle nana succomberait à tant d'attentions. On est à la fois à même la rue, mais légèrement surélevé, et en même temps dans une tour d'ivoire inaccessible.

Comment Elias s'est débrouillé pour obtenir une des deux tables le soir même ? Mystère et boule ! Toujours est-il que pour la circonstance il a revêtu une chemise blanche de chez Emile Lafaurie, tandis qu'Olga a une jupe plissée noire, qui descend jusqu'aux genoux et laisse néanmoins deviner la longueur gracile de ses jambes. Mais elle pourrait mettre un sac à patates, elle serait quand même divinement jolie. Elias lui rendant déjà cinq centimètres sous la toise, elle y a été mollo sur les talons, et elle chausse de très élégants escarpins tressés, presque plats.

Même s'il la regarde énamouré, il ne peut s'empêcher de se poser des questions sur les ressources cachées des femmes en termes de fringues. Cette merveille d'Olga doit émarger à 8000 shekels par mois maximum sur H24, et elle s'habille deux fois par jour comme une princesse ! Mais il n'y a pas qu'elle. Juliette aussi a une garde-robe de diva, malgré son misérable salaire d'assistante au Musée de Jéru. En fait, toutes les femmes ont des armoires pleines, se dit Elias. Lui revient toujours à l'esprit la fameuse Imelda Marcos, veuve du dictateur philippin, et ses 1200 paires de chaussures, ou 12.000, il ne sait jamais. Corrompue et vénale comme l'était Imelda, il n'y avait rien d'anormal à ce que son dressing fît quatre cents mètres carrés. Mais pourquoi cette abondance, même chez les plus fauchées ? Dégât collatéral ou compensation du manque de pénis ? Va savoir, Edouard !

Après dîner, de deux choses l'une : ou bien il la ramène dans son enclos de Lewinski et c'est mort, ou il la raccompagne et essaie de s'incruster chez elle. Olga habite à l'angle de Yerushalaïm et Salameh, en bordure de Yafo, un immeuble d'aspect banal, façade jaune beurre et volets verts, sauf qu'il y a une piscine sur le toit. Elle lui a raconté ça à table, et c'est le genre de truc qui réjouit Elias; qui le conforte dans l'idée que ce pays est une utopie anti-fataliste et anti-puritaine à la fois. Une piscine sur le toit dans un pays aussi sec, faut avoir le moral ; croire en son étoile et défier la théorie des climats en frontal. Dans ces moments-là, le sacrifice qu'Elias a fait en venant vivre ici, alors qu'il pourrait toucher 5.000 euros le mois chez Saint Gobain, lui semble totalement justifié.

Mais Olga le fait lambiner trois jours avant de lui donner une première nuit chez elle, sa grand-mère squattant sa chambre à coucher pendant cette période. Et une deuxième nuit, huit jours plus tard... Elias en profite pour déménager. Il quitte son réduit pour un appartement à 5000 shekels le mois, juste en face, toujours rue Lewinski, au 8eme étage d'une nouvelle tour. Diabolo lui avance la caution quasiment sans barguigner. Dans ces moments-là, il a juste un décrochement assez marrant de la mâchoire qui remonte jusqu'aux sourcils ou presque, à la Poppey quoi, et ça veut dire : arrêtez de me prendre pour votre banquier, les gars ! D'un autre côté, il est arrivé à Tel Aviv blindé comme un Merkava et veut le faire savoir. Il ne sait pas être discret, Diabo. Ni se faire tout petit. A moins qu'il ne connaisse pas la célèbre devinette : comment devenir millionnaire en Israël ? Réponse : en arrivant milliardaire...

N'oublions pas non plus que c'est un pays d'origine communiste qui, comme tous les pays d'origine communiste a basculé dans un capitalisme débridé. Sans complexe. Mais ça reste un tout petit pays, grand comme trois départements français, comptant à peine 8,5 millions d'habitants, où il n'y a pas non plus mille domaines pour faire de la tune. Numéro un : la High Tech. Et numéro un ex-aequo l'immobilier, qui flambe comme une crêpe Suzette. Même à Florentine, on trouve des prix au mètre carré dignes de Londres. Or Diabolo investit sur le pire canasson : une agence de presse quasi militante, pour essayer de squizzer l'AFP toujours prête à dégueuler l'Etat d'Israël. Mais au lieu de commencer petit, il voit tout de suite très grand. Des locaux de maboul, des embauches de malade....

Le correspondant de l'AFP finit par s'en émouvoir, et retrouve vite son pedigree. Il lui donne rendez-vous au Café Nina, rue Shabbazi, pour une interview, et là il commence à le cuisiner mais plutôt comme un flic. Il insiste sur l'origine des fonds, dont il dispose, alors Diabo le prévient :

— Tu serais mal inspiré d'écrire sur moi, mec...

— Et la liberté d'expression ? rétorque l'autre.

— Et ma liberté de te foutre sur la gueule ? fait Diabolo, sourcils froncés.

Chaque fois qu'il se remet d'équerre, il tombe sur un gus qui veut lui faire renifler son passé. Et l'y maintenir. Le pardon et le rachat, connais pas !!!! D'un autre côté il y a en effet la liberté de la presse, la transparence et tout le tralala à respecter. Chacun se croit donc dans son bon droit et l'issue de ce bras de fer est des plus incertaines...

Le type de l'AFP détale rapidement, laissant Diabolo carré dans sa carrure, à la terrasse du café Nina. Aussitôt après, arrive la belle Karen Besnaïnou qui vient lui proposer les services de son agence de com. Le soir même Diabolo couche avec elle, mais ça s'arrête là...

Maintenant qu'Elias a démarré comme journaliste à H24 et Diabolo comme patron de presse ou presque, il ne reste que Manu à recycler. Il tire bien quelques subsides de la location saisonnière, mais n'a que trois appartements dans son portefeuille. En plus, Tel Aviv a beau être une destination prisée par les touristes, depuis l'opération Bordure Protectrice de l'été 2014 à Gaza, le coefficient de remplissage a beaucoup baissé ; ajouté à la baisse de l'Euro, c'est devenu encore plus cher. Trop cher. Il faudrait vraiment que les affaires reprennent ou qu'il étoffe son portefeuille et varie les produits. Mais ça demande d'être en relation constante avec les propriétaires, français pour la plupart, et c'est au-dessus de ses forces. Le seul milieu social dont il connaisse les codes, c'est le cinéma X. Ailleurs, il est largué. Heureusement que les gays sont fidèles à Tel Aviv ! Ça fait tourner les trois appartements qu'il gère dans les Haricots de la rue Abarbanel, juste en face de chez lui. Comme si sa survie matérielle, sous quelque forme que ce soit, ciné porno ou immobilier, de tous temps et sous toutes les latitudes, est toujours tributaire de la libido d'autrui...

– Je vais le baptiser Jean-Pierre, ce minou ! se dit Elias, en ramassant un petit chat moribond sous une voiture garée rue Hertzel.

— Et pour le salaire ? demande timidement Juliette au patron de la galerie *Moins de Mille*, qui se trouve juste en bas de chez Manu, adossée à la favéla.

Normalement elle aurait dû être rasée, cette favéla, pour céder la place à un jardin public. Mais les habitants ayant introduit toutes sortes de recours, ça lambine. Comme quoi les gens s'accrochent à leurs maigres biens, même moches et insalubres. Et puis les plans d'urbanisme sont trop carrés. Par exemple, depuis qu'ils ont achevé les quatre haricots de la rue Abarbanel, tout le monde s'accorde à dire qu'il faudrait garder la favela, finalement ; pas forcément tout casser pour faire un parc. En préservant cet habitat, on créerait comme un contraste entre le nouveau et l'ancien, d'autant qu'il y a beaucoup de petits métiers sous ces bicoques aux toits de tôle ondulée. Des ébénistes, des encadreurs, des tapissiers, et maintenant la galerie *Moins de Mille*. Bref il faudrait redynamiser le plan d'aménagement du quartier.

— Disons que je peux te donner 2500 shekels par mois à mi-temps, lui concède le galeriste...

— C'est maigre, répond Juliette, en jetant un coup d'œil circulaire à ce drôle d'endroit, où les toiles sont rangées n'importe comment.

— Mais tu auras de grandes responsabilités, ajoute - t - il . Je compte sur toi pour tout réorganiser hein... Moi j'aime bien chiner et j'ai du nez, mais il me faut quelqu'un qui ait le sens de l'espace et des relations publiques...

— OK pour 2500, mais juste trois après-midi par semaine, propose alors Juliette en cherchant son téléphone qui se trouve comme toujours depuis l'attentat, dans le creux de sa main.

— J'aime pas les chats, Elias chéri... Je suis allergique !... lui avoue Olga.

– Eh ben je vais le remettre dans la rue, se résigne Elias.

– Mais non, il est si mignon… Essaye de le donner à quelqu'un…

CHAPITRE 7

Deux semaines qu'elle est à Tel Aviv, Juliette, et qu'elle pleure beaucoup, se lamente et se plaint. Le sentiment qui est en train de naître dans sa tête est un mélange assez contradictoire d'espoir et de désespoir. Elle croit encore qu'Elias va revenir vers elle, et elle est même prête à lui pardonner son écart. D'un autre côté, elle n'y croit plus. Jusque-là, c'est le tourment habituel des dupes. La nouveauté, c'est son besoin d'obtenir réparation. Elle considère qu'Elias lui doit quelque chose, sans trop savoir quoi au juste. Manu lui a fait admettre qu'elle a décidé toute seule de s'installer à Tel Aviv ; pas à la demande d'Elias. Mais quand même. Elle attend une réparation.

Elle lui a envoyé message sur message, il n'a jamais répondu. Alors un soir elle retourne le voir mais tombe sur un bec. Elias a déménagé ! Sans la prévenir, en plus ! Pourquoi cette cruauté ? Compte-t-elle si peu pour lui ? Et Manu, pourquoi n'a-t il rien dit, lui qui est si protecteur pourtant ? Elle se mord les lèvres mais les sanglots lui serrent la gorge et la compriment comme dans un étau.

— Dis moi où il vit, Manu… S'il te plait…

— Pourquoi faire, Juliette ? A quoi ça te servira ?

— C'est mon droit, Manu ! J'ai le droit de savoir !

– Toujours rue Lewinski, répond finalement Manu en soupirant…

– C'est pas vrai, j'y ai été !

– Mais dans un autre immeuble…

– Seul ?

– Non…

– Qui c'est cette fille, Manu ?…Comment elle s'appelle? C'est celle avec qui je l'ai surpris ? demande-t-elle en réprimant mal un sanglot.

– Non plus, répond Manu embarrassé…. C'est pas elle.

– Mais c'est qui alors ?!!! glapit Juliette, au désespoir.

– A quoi bon toutes ces questions, Juliette ?…

– M'enfin Manu, comprend moi ! J'ai besoin de savoir ! J'ai mal à en crever !..

– Eh ben elle s'appelle Olga, avoue finalement Manu.

– Je veux la connaître !

– Pourquoi faire ?…

La question se pose, en effet. Olga a-t-elle quelque chose à voir dans le malheur de Juliette ? Elle n'est même pas au courant de son existence, vu qu'Elias ne lui a pas parlé de leur relation. D'ailleurs, qu'ils bossent ensemble sur H24 leur pose un autre problème, bien plus important à régler : l'annoncer ou rester discrets ? Elias est si amoureux d'Olga qu'il le crierait sur tous les toits, si ça ne tenait qu'à lui. Olga est plus prudente. Il y a tant et tant de jalousie dans une chaine de télévision… Leur chance, c'est qu'Elias soit toujours sur le terrain et Olga dans les studios. Ça leur évite d'être trop en contact dans la journée, et donc se trahir par un geste ou un mot. Mais Tel Aviv c'est petit. Dans la communauté française on entend quelqu'un éternuer à des kilomètres. Les bruits vont vite aussi. Et puis on croise facilement dans la rue ceux qu'on voit à la télé, alors ça crée un autre rapport avec les vedettes du petit écran. Parfois c'est d'une insupportable proximité. Au *Par Derrière,* le restau de la rue King Georges, ça fait comme si on dînait avec la télé allumée quand on a Danielle Godmiche à la table d'à côté….

En plus, Elias s'emmerde à la frontière de Gaza. Trop calme. Mortellement calme, même. Depuis le cessez-le-feu du 26 Août 2014, le front s'est totalement refroidi. En 10 jours, Elias n'a fait qu'un seul sujet, sur une petite gazaouite de huit ans qu'on a transférée à l'hôpital israélien de Ber Shéva, pour l'opérer du coeur. Comme il n'y a pas mis le pathos nécessaire, ils ont dû remonter le sujet pour qu'il passe à l'antenne et Elias l'a mal pris. Première engueulade entre lui et Marcel, le fameux recruteur-rédac chef qui l'a embauché :

– Tu ne vas quand même pas me dire ce qu'est un montage ! plaide Elias.

– C'est pas du cinéma, c'est de la télé, rétorque Marcel, et il faudra t'y faire !

Olga a suivi ça de loin en se mordant les lèvres. Bien qu'elle ait dix ans de moins que lui, elle connaît mieux qu'Elias les codes d'une chaîne de télé, dont la règle numéro un : ne jamais s'affronter ouvertement. Tout dans le dos. Toute la vilénie doit se déverser en lousdé. Elias, c'est le contraire. Il aime ce genre de conflit. Il clive, comme on dit aujourd'hui.

Alors il demande soit à revenir en news room soit à couvrir la Judée-Samarie, et Marcel lui propose d'être carrément correspondant à… Jénine ! Autant dire dans un coupe-gorge. Avec sa tête de sépharade, il n'aurait pas le temps de poser un pied là bas qu'il se ferait lyncher ; même avec un caméraman arabe ça craindrait. Donc il reste gentiment à la frontière de Gaza à prendre des notes. Le roman d'anticipation qu'il rêve d'écrire aura pour figure centrale Amos Kirzenbaum, un Des Essaintes israélien, esthète et rentier, qui serait le dernier juif de Tel Aviv après la disparition de l'Etat hébreu. Une uchronie, un cauchemar éveillé.

Tous les deux jours il rentre à Tel Aviv, et passe la nuit avec Olga. Mais ils dorment chez elle parce qu'Olga ne supporte toujours pas le petit chat qu'il a adopté : « Juste le temps qu'il prenne des forces et je lui trouverais une famille d'accueil... » lui a promis Elias. Il passe voir Manu pour lui proposer d'adopter Jean-Pierre, et là, Manu se met à paniquer parce qu'il a ouvert la porte sans plus penser qu'il héberge Juliette. Trop tard, Elias est là, avec Jean-Pierre dans son blouson. Or à ce moment là Juliette est sortie, et c'est encore pire que si elle était là, car elle peut rentrer d'un instant à l'autre. Manu pense à lui envoyer un texto pour qu'elle ne rentre pas dans l'immédiat, mais il se dit qu'elle sentirait que c'est la présence d'Elias qui motive ce message, et elle serait capable de rappliquer aussitôt. D'un autre côté, il y a un accord tout à fait clair entre elle et lui : Juliette peut chercher autant qu'elle veut à revoir Elias partout dans Tel Aviv, sauf à la maison, chez Manu.

Bref, c'est dans ce moment un peu particulier de panique, que Manu accepte d'adopter le chat Jean-Pierre, lui qui a pourtant horreur des chats. Juliette, c'est le contraire. Elle adore ces bestioles et s'amourache immédiatement du matou. Si seulement elle savait que c'est le chat d'Elias... Manu lui a juste dit qu'il l'a trouvé dans la rue. Elle s'en occupe avec amour et c'est très touchant de la voir tant donner. Manu pense d'ailleurs qu'elle a raison de vouloir des gosses, car elle ferait une merveilleuse maman ; une excellente infirmière aussi, tellement elle s'occupe bien de son œil blessé. Deux fois par jour, le collyre, la pommade et un nouveau pansement. Elle fait ça avec une douceur et une délicatesse très tendre. Cette fille est vraiment faite pour aimer. Et pour donner. Manu imagine d'ailleurs que si elle se mettait à haïr quelqu'un avec le même dévouement, elle pourrait devenir une criminelle. Avec les gens dévoués, ça peut facilement basculer. Ils ont besoin d'absolu, ces gens là. Ils ne savent pas temporiser. Et relativiser. Les gens dévoués sont des criminels en puissance, voilà tout...

Il y a quand même une gêne entre eux, c'est qu'elle ne regarde jamais Manu dans les yeux. Elle lui offre toujours son profil. Oui, regarder un homme dans les yeux, eh bien ça la trouble. C'est trop intime. Elle ne regarde vraiment Manu dans les yeux que quand elle le soigne ; quand il est dans un état de dépendance tel, qu'il ne peut rien y avoir d'érotique entre eux. Il n'y a que dans le cinéma porno que l'infirmière trouve le patient excitant, et dieu sait si Manu en a tourné des films X avec Tabata Cash déguisée en infirmière nympho!.. Mais un mec malade, ça n'a rien d'excitant ; ni une femme d'ailleurs. Ça suscite la compassion, pas la passion. Et pourtant, nul ne peut nier qu'il y a quelque chose de propice au sexe dans ce rapport soignant/soigné...

Entre Manu et Juliette il n'y a pas que ce rapport là, d'ailleurs, qui pourrait susciter l'envie de sexe. Quand il l'entraperçoit nue, sortant de la salle de bains, il y pense. Et elle y pense aussi, très furtivement, à force de dormir dans son lit. C'est même elle qui y pense le plus souvent, bien qu'elle chasse cette pensée comme indécente. Il lui tarde de trouver son chez soi. Tous les jours elle va visiter des appartements, mais c'est toujours trop cher ou trop petit ou trop moche. Et puis elle ne se sent toujours pas de vivre seule pour l'instant.

– Je pars en reportage une semaine annonce Olga.

– Où ça ? fait Elias.

– A Gérardmer, dans les Vosges... Il y a le festival de cinéma.

– Mais c'est absurde ! Pourquoi c'est pas moi qui y vais ? J'ai eu la FEMIS, merde ! Je m'y connais en cinéma, quoi !

— Ben je sais pas, fait Olga. Tu veux que je refuse ?

— Non non, mais quand même…

C'est la première fois qu'elle le voit frustré, et ça contraste fort avec le magnétisme qu'il dégage d'habitude. Tout à coup il a les lèvres pincées et le blanc de l'œil plus blanc que blanc. Le cinéma est une telle source de frustration ! Elias a eu beau renoncer à la FEMIS, il n'en espère pas moins parvenir un jour à faire un film, et tout ce qui le renvoie au sacrifice qu'il a consenti en venant en Israël, le reconnecte à sa colère initiale contre le monde entier. Olga c'est l'inverse. N'ayant jamais rencontré la moindre contrariété dans sa jeune existence, elle ne mesure pas à quel point cette colère est grande en lui ; profonde et ancienne. Ancestrale, même. Au bout de quelques heures ça passe, bien sûr. Mais Olga a trouvé le changement spectaculaire, et le pire, c'est qu'elle le quitte le lendemain pour Gérardmer sur cette drôle d'impression.

Seul avec sa caméra à la frontière de Gaza, Elias fume clope sur clope en attendant que quelque chose se déclenche. Il a besoin d'argent pour faire un somptueux cadeau à Olga ; l'impressionner et matérialiser cet amour dans un objet symbolique. Une bague, ce serait l'idéal. Mais où trouver le fric ? Il doit déjà cinq mille shekels à Diabolo et cinq cents à Manu.

Il abandonne son poste et part rouler dans le Néguev au hasard en filmant les paysages rocailleux de ce désert minéral. Toute cette beauté inspire l'écrivain et le cinéaste qui sommeillent en lui. Il imagine un western avec Patrick Bruel tenant une baraque de falafels dans ce décor, ça serait marrant, et Lee Van Cleef en visiteur inquiétant qui ne le quitte pas des yeux. Sauf que Lee Van Cleef est mort, et qu'il n'y a plus de grand acteur au physique inquiétant. Puis Elias se met à faire des comptes et le *yester hara*, comme on dit en hébreu, s'insinue dans l'imaginaire ; le mauvais penchant, quoi. Des coups tordus lui passent par la tête et s'y incrustent. Le 4X4 de la chaîne doit bien valoir encore cent mille shekels. C'est un modèle Subaru assez ancien. Pourquoi ne pas essayer de le vendre en prétendant qu'il se l'est fait voler?...

Il sait qu'il y a une bande de Bédouins un peu voyous près de Mitzpé Ramon, qui vivent sur un rocher d'où on a une vue improbable sur la vallée. Il y passe la nuit à la belle étoile, à envoyer des textos pleins d'amour à sa belle. Au petit matin, deux bédouins approchent. Elias engage la négo en hébreu, et le marché se conclut autour d'une tasse de thé brûlant sous la tente, à 50.000 shekels en deux fois. 25.000 tout de suite et le reste un mois plus tard... avec les papiers du véhicule.

Maintenant l'équation est simple : ou bien il prétend qu'il a été attaqué par ces bédouins qui lui ont piqué la voiture en échange de la vie sauve, et là, il y aura forcément une enquête de police. Ce sera sa parole contre la parole des bédouins. Ou alors... Ou alors rien du tout. L'inconnue de cette équation, c'est de savoir à quel moment la vérité va éclater.

Il rentre à Tel Aviv en autobus, avec 25.000 shekels en poche. En chemin, Olga lui répond enfin par texto : « trop contente de renouer avec la neige et la France. Bisous ». Pas la grande déclaration qu'il attendait, et ça le chiffonne. Lui manque-t-il si peu? Puis, Marcel l'appelle pour lui commander un sujet sur la nouvelle roquette qui est tombée dans un terrain vague près de Shar Néguev, mais il ne répond pas. Le rédac-chef réitère sa demande par SMS cette fois, et Elias lui répond que sa caméra est en panne : « eh bien rentre chercher du matériel en bon état » lui écrit Marcel accommodant. Avant de repasser à H24, Elias fait un détour par le Kerem Hatémanim pour expliquer sa situation :

— Y a pas trente six solutions, répond Diabolo sans hésiter. Il faut récupérer cette bagnole.

— Mais comment ?

– Je m'en occupe !

– Quand ?

– Ce soir, tiens !... Mais tu commences à me faire sérieusement chier, Elias, avec tes problèmes ! ajoute Diabo. Donne moi deux mille pour la cagnotte... (une caisse de communauté que Diabolo a inventée pour financer les noubas futures, et accessoirement aider les nouveaux immigrants français...) :

– Je viens avec toi ? s'inquiète Elias.

– T'es fou ou quoi ? rétorque Diabolo. Trouve toi plutôt un truc à faire avec témoin...

– Yoni !.. T'es plus à Jéru ? s'exclame Juliette de son côté, en passant devant la terrasse du Florentine 10. Ils s'embrassent très affectueusement, en s'adonnant le fameux hug à l'israélienne, et Juliette s'attable avec lui :

– Ça fait déjà six mois que je suis arrivé... Tous mes potes sont ici, répond Yoni en ajustant sa kippa.

– Qu'est-ce que tu bois ?

– Un café Affour... Et Maïa ? Elle est où ?

– A la maison... On a un appart sur Matalon. T'es plus à Jéru toi non plus ?

– Ben non je... suis comment dire ? je suis venue pour tu sais, j'ai un copain mais bon... là je... l'ai pas encore revu quoi... (et les larmes commencent à couler sur les joues de Juliette, alors Yoni lui serre affectueusement le poignet)

– C'est pas Elias, ton copain ?

– Si si... Tu le connais ?

– Oui oui. On a fait l'Oulpan(9) ensemble...

– Ah bon...

– C'est pas cool... Je vais lui parler...

– Surtout pas ! réplique Juliette. Il me doit des explications. Je veux qu'il reconnaisse ses torts ! Tu sais où je peux le trouver?

La serveuse apporte à Yoni le petit déj qu'il a commandé, composé de saucisses, patates sautées, yaourt aux céréales, fromage blanc, et Juliette regarde Yoni manger sans oser lui dire que tout ça n'est pas très casher. Ni la saucisse ni le mélange de viande et laitage. Enfin c'est son droit, mais alors pourquoi porter une kippa ?

– J'ai entendu dire qu'il bosse à H24, lui concède finalement Yoni.

– La chaine française ? s'assure Juliette en se levant déjà.

A l'entrée de H24, la sécurité bloque Juliette, faute de badge. Mais elle demande au gars d'appeler le rédac-chef et, quelques minutes plus tard, Marcel débarque avec ses deux téléphones vissés aux oreilles.

– Elias Benzaquen ? fait-il. Mais c'est notre correspondant à la frontière de Gaza. Il n'est jamais là...

– Il rentre quand ? demande Juliette avec un début de sanglot dans la voix, et Marcel comprend qu'un drame épais noue la gorge de cette ravissante jeune femme. Ça lui confirme qu'Elias est un bourreau des cœurs, mais son boulot consiste aussi à ne pas céder aux nuées de jolies filles qui le sollicitent continuellement. Dans un réflexe purement professionnel, il rebrousse chemin vers son bureau :

– Ça dépend des évènements, je ne peux pas vous dire quand exactement, lui concède-t-il en repartant.

Au moins, Juliette sait maintenant qu'Elias n'est pas en permanence à Tel Aviv. Elle ressort de H24 et va se poser sur le quai, car les locaux de la chaîne se trouvent juste sur le port de

Yafo. Ses pensées vagabondent au large, en regardant l'eau de mer si différente de ce qu'elle est à Tel Aviv, alors que les deux localités sont collées l'une à l'autre. A Yafo elle est d'un bleu caraïbe et d'une telle limpidité qu'elle donne envie de s'y enfouir ; s'y noyer, même. On dirait une pub pour la plongée sous-marine tandis que, vue de Yafo, la plage de Tel Aviv prend aussi une autre dimension, et fait penser à ces immenses stations balnéaires de Floride bordées de buildings. Sur le port de Yafo il y a aussi beaucoup d'arabes en famille, contrairement à Tel Aviv, avec les femmes voilées comme des momies, et des hommes débraillés comme des matafs.

Juliette stationne là pendant un petit quart d'heure, en se disant qu'elle pourrait peut-être se faire embaucher à H24. Elle serait à l'endroit exact où il faut qu'elle soit pour remettre enfin la main sur Elias. Mais elle n'a sans doute pas les compétences requises, encore qu'elle parle couramment l'hébreu, l'anglais et le français. Reste l'image de pauvre malheureuse qu'elle a laissée à Marcel, et ce n'est pas le meilleur CV qui soit…

CHAPITRE 8

A la sortie de Mitzpé Ramon, la Fiat 500 s'engage sur un étroit sentier qui serpente à flanc de colline, et l'imposante silhouette de Diabolo rebondit dans l'habitacle comme sur un trempoline. D'après le plan que lui a fait Elias, il faut crapahuter comme ça pendant deux kilomètres environ, avant le campement des bédouins. En aval du campement, un chameau attaché à un pieu signale qu'on y est presque. Ensuite, il ne reste que 300 mètres à parcourir, mais à pied. Là, Diabolo coupe le contact. Le clair-obscur du crépuscule est encore trop riche en clairs et pas assez en obscurs, pour qu'il intervienne. En attendant la nuit noire, il allume un Cohiba et souffle le plus gros nuage de fumée qu'on puisse tirer d'un havane. A ses côtés, Jonathan Simsem en prend plein les narines sans se plaindre. Il a l'interdiction d'ouvrir les fenêtres, pour ne pas alerter un éventuel chien de garde...

Une fois qu'on n'y voit plus goutte, Diabolo laisse ses consignes à Jonathan : « Tu vas redescendre vers Mitzpé Ramon et m'attendre au bout du chemin. Démerde toi pour rouler sans phares, lui dit-il. Si je ne suis pas revenu dans deux heures, tu remontes jusqu'ici. OK ?..».

Diabolo s'extirpe péniblement de la carrosserie en se maudissant de ne pas avoir loué une voiture plus adaptée à sa corpulence. Mais il l'a eue pratiquement pour rien, alors hein… A peine 1000 shekels par mois ! Pour une fois qu'il est économe… Pendant que Jonathan manœuvre, il se faufile dans l'obscurité en direction d'une maigre lueur qui vacille au loin, se fiant à l'écho d'une voix de femme pour s'orienter.

Prudemment il approche du campement des Bédouins : deux tentes, et heureusement pas de chien pour signaler sa présence en aboyant. A vue d'œil, deux hommes et deux femmes vivent là avec une ribambelle d'enfants. Le 4X4 doit être dissimulé entre les deux tentes, mais Diabolo ne le voit pas encore.

Une fois la lampe à pétrole éteinte sous la première tente, il y va. Mais son premier pas crisse déjà trop sur le sol pierreux. Du coup il temporise encore, n'enchaînant pas deux foulées à la suite, et met cinq bonnes minutes à atteindre le véhicule distant d'à peine vingt mètres.

Quand Diabolo voit que le 4X4 se trouve en effet entre les deux tentes, il pousse un ouf de soulagement. Il tire de sa poche une balle de ping-pong dont il a préalablement découpé une partie comme un œuf à la coque ; la plaque sur la serrure de la portière et l'écrase d'un coup sec du plat de la main. Ça marche ! Un vieux truc de gitan qu'il a appris à Fresnes. Le verrou se débloque par la poussée d'air comprimé ainsi provoquée. Ça se passe moins bien une fois qu'il met le moteur en route car aussitôt, un premier Bédouin surgit ébouriffé hors de la tente, puis un deuxième armé d'un long bâton. Alors Diabolo y va beaucoup plus franchement. Il lance le 4X4 en marche arrière pour les faire reculer et en percute un de plein fouet, tandis que le deuxième homme se jette sur la portière pour essayer de grimper dans la voiture. Diabolo doit lui envoyer deux violents coups de coude pour le neutraliser. Son assaillant tombe à son tour à la renverse, et la voie est enfin libre.

Diabolo appuie sur l'accélérateur sans plus penser à rien et parvient à s'enfuir avec le 4X4.

Bon sang ! pourquoi faut-il qu'il se retrouve toujours dans ces situations infectes ? Toujours aux marges, et toujours en zone rouge ! Par amitié pour Elias, certes. Mais il s'était juré que tout ça c'était fini, quand il a fait son alya. Et pourtant ça recommence. Faire le coup de poing, il en a tellement marre ! En même temps, reconnaissons-le, ça l'amuse quand même. Il s'ennuie tellement dans la vie normale, pauvre Diabo… Il a tellement d'idées pour faire du fric, tellement de femmes à séduire, tellement de fêtes à donner, de cigares à fumer… Les journées sont trop courtes, et les tentations trop grandes. C'est d'ailleurs bizarre pour un jouisseur comme lui, d'avoir le sort des autres autant à cœur. Mais il est comme ça. Un vrai voyou de jadis, avec des couilles et une âme. Une tronche aussi, Diabolo. Diplômé en histoire, mine de rien. Il s'y est pris à deux fois pour soutenir sa thèse de doctorat mais manque de bol, il était en garde vue les deux fois. Autrement il serait docteur es- histoire médiévale…

Elias peut bénir le ciel d'avoir un tel ami, qui le sort d'un bien mauvais pas, en prenant tous les risques. Une fois remboursée la caution de l'appartement, il lui reste encore dix-huit mille shekels pour payer la bague d'Olga. Ça devrait aller, sauf que les nouvelles de la belle sont si rares qu'Elias éprouve un mauvais pressentiment. Un seul sms en quatre jours… Et si le grand amour n'était pas si réciproque que ça entre lui et Olga ? Allons !.. Il chasse ça de son esprit et rentre dans une bijouterie de l'avenue Dizengoff, au croisement de Ben Gourion. La vendeuse vêtue d'un élégant tailleur noir très moulant, lui montre des merveilles et il a envie de tout acheter ; de la baiser aussi, mais c'est son mauvais penchant qui s'exprime encore. Son yetser hara…Pourtant elle est vieille et maquillée comme une voiture volée. Mais justement, c'est ça le mauvais penchant d'Elias…

Il opte finalement pour un bracelet en or finement ciselé, parce que la symbolique de la bague lui parait quand même un peu trop chargée pour une relation si récente. En revanche, pour le règlement en espèces, la vendeuse lui demande de la suivre dans l'arrière boutique, après avoir verrouillé la porte d'entrée une fois qu'ils sont seuls, Elias sort lentement l'argent de sa poche en regardant longuement la bijoutière dans les yeux. Elle esquisse un petit sourire gêné, et Elias pose la liasse sur la table avec d'infinies précautions. Pendant qu'elle recompte, il s'approche d'elle et se colle à sa hanche, sans qu'elle ne s'écarte. IL passe alors la main sous sa jupe et elle a juste un petit soupir d'aise pendant qu'il lui caresse les cuisses. Elle continue de compter les billets quelques instants, mais un râle épais finit par lui échapper quand il lui fourre deux doigts: « reviens me voir souvent », lui susurre-t-elle un peu évanescente en hébreu, quand il quitte la boutique.

CHAPITRE 9

En arrivant au parking de H24, il arrache un clapet au hasard dans le moteur pour rendre le 4X4 inutilisable. Ainsi, il reviendra à la frontière de Gaza avec un autre véhicule, au cas où les bédouins voudraient le retrouver et lui faire du mal. Puis il rapporte sa caméra soi disant en panne au planning du matériel. Il passe ensuite voir Marcel, qui lui annonce d'emblée la visite de Juliette à la chaîne :

– J'espère que tu lui as pas donné mon adresse !

– Je suis quand même pas fou, répond sobrement Marcel. Des nouvelles d'Olga ?...

– Pourquoi j'aurais des nouvelles d'Olga ? se défend Elias.

– Tout le monde sait que vous êtes ensemble, je te le dis en passant….

Elias encaisse le coup, marque un temps, puis il réembraye comme si de rien n'était :

– … Il me faut aussi une autre voiture, Marcel. La mienne est en panne.

– La voiture aussi ?

– Eh oui, le sable c'est mauvais pour la mécanique…

— T'as été voir au garage ?

— Oui mais y en a pas de dispo...

Du coup, Elias traine dans la news room en attendant d'avoir un nouveau véhicule. Il s'assied un instant au bureau d'Olga en songeant à ces premiers instants magiques de leur rencontre, quand elle ne pouvait plus se concentrer sur son écran et qu'elle n'avait d'yeux que pour lui. C'était à peine quinze jours auparavant.

Il appelle Manu pour le rembourser et ils se donnent rendez-vous au Café Français, Boulevard Rothschild. Avant, c'était la bibliothèque de l'Institut, ce café. Mais c'était beaucoup moins fréquenté. Maintenant ça ne désemplit pas. C'est le spot de Tel Aviv ; l'endroit où tous les bobos veulent être vus.

— Tu sais que Juliette est à Tel Aviv ?

— Heu oui enfin non à moitié, pourquoi ? bafouille Manu.

— Ça m'angoisse, elle me poursuit... Je sais pas qui lui a dit que je bossais à H24... Elle est passée ce matin, parait-il. C'est dingue non?

— Oui c'est bizarre, fait Manu gêné, en regardant ailleurs.

— Tiens, voilà tes 500 boules... Mais si tu la vois, pas un mot sur moi hein ?

— Bien entendu !

Manu revient à Florentine bien décidé à presser Juliette de trouver un logement. Elle a déjà commencé à travailler trois matinées par semaine à la galerie *Moins de Mille,* ce qui lui fait un bout de salaire mais pas assez pour un loyer non plus. Le moindre studio à Florentine se paie 4.000 shekels par mois, donc un peu moins de mille euros depuis la chute sévère de la monnaie européenne, et ça fait encore beaucoup pour elle. Dans la favela, juste en face des Haricots flambants neufs, on trouve moins cher, mais ce sont des slums lugubres et sans clim, parfois sans fenêtre.

Comme on vit beaucoup dehors à Tel Aviv, c'est moins grave que dans un pays froid, mais ça reste quand même âpre d'habiter là-dedans.

D'un côté Manu est pressé qu'elle se reloge, parce que ça lui pèse vraiment de mentir à Elias, mais d'un autre côté il commence aussi à aimer sa présence chez lui. Elle est si douce, cette fille. Un peu mélancolique mais très douce, et vraiment amicale. Au fond, elle est arrivée au meilleur moment dans la vie de Manu, après son atroce déconvenue avec Romy. Sans Juliette il aurait dû soigner seul son œil, par exemple, et c'aurait été vraiment déprimant. Et puis elle commence à le regarder dans les yeux, ou plutôt dans l'œil, en dehors des moments où elle lui change son pansement, et quelque chose de tendre les lie déjà. Le petit déjeuner ensemble sur le balcon, c'est quand même exquis ; un moment d'amoureux, risquons le mot. Mais il a 30 ans de plus qu'elle, aucun avantage et aucun avenir, alors ne rêvons pas non plus...

Le plus touchant c'est l'attachement incroyable qu'elle a pour Jean-Pierre, le chat. C'est devenu son chat, et Manu lui a promis qu'elle pourrait l'emporter quand elle aura son propre appartement. Parfois il brûle de lui dire que c'est le chat d'Elias, rien que pour voir sa réaction. Ça pourrait être marrant. Elle serait cap d'y voir un signe du destin, elle est si fragile. Et puis non. Autant la laisser chérir cette bestiole sans la troubler.

A Florentine, Jean-Pierre est le chat le plus favorisé, car dans le quartier, les chats sont sauvages comme dans tout le reste de Tel Aviv. De dévoués riverains les nourrissent, mais ce sont les chiens qu'ils adulent. Il faut voir les filles de Florentine ramasser les crottes de leur clebs avec une abnégation qu'elle n'auraient sans doute jamais pour un mec. Du coup, ces bestioles se croient tout permis. Les chiens se jappent dessus d'un trottoir à l'autre et s'étalent comme des paillassons à l'entrée des bistrots. Il n'y en a que pour eux. Rien que dans la rue Florentine, il y a deux boutiques consacrées à leurs besoins : niches climatisées, os en plastique, aliments survitaminés, cure-dents pour caniches… Les chats au moins, se débrouillent seuls sans embêter personne. D'ailleurs la différence de condition entre chiens et chats à Tel Aviv, fait un peu penser à une représentation animalière du fossé entre Sépharades et Aschkenazes en Israël, encore qu'avec l'arrivée des Français, les Sépharades deviennent les privilégiés de la société. Ils investissent, ils spéculent, ils créent des boulangeries, des call-centers, des restaurants branchés, un tas de trucs dont les israéliens raffolent, comme le fameux Café Français du Boulevard Rothschild. Un jour futur Tel Aviv sera une ville française.

CHAPITRE 10

— Je ne pensais pas que tu me manquerais si peu, seulement voilà…, commence Olga sans ouvrir l'écrin de velours pourpre qu'Elias a posé devant elle. C'est pourtant ce qui s'est passé… Je ne veux pas te mentir, Elias… Je ne suis pas vraiment amoureuse de toi, reconnait-elle enfin.

— … Je crois que je vais mourir, murmure Elias tête basse.

— Dis pas ça, on n'a pas non plus… Enfin, on a à peine quoi quinze jours ensemble… c'est quand même pas… Restons amis, puisqu'on doit travailler dans la même chaine…

— Je vais mourir, répète-t-il obstinément en poussant vers elle l'écrin qui contient le bracelet, mais sans que ça ne la décide davantage à l'ouvrir.

Elle est si embarrassée par ce contretemps des sentiments !.. Et, si elle ne veut pas se laisser apitoyer, l'incroyable désarroi d'Elias la prend quand même de cours. Jamais elle n'aurait pensé qu'il serait aussi bouleversé. Elle était même sûre qu'à son retour de Gérardmer, il serait déjà avec une autre fille. Peut-être s'est-elle fait une fausse idée de lui ? Peut-être que ce n'est pas un séducteur cynique comme elle l'a d'abord cru, mais un type super sensible? Fragile, même. Avec les hommes elle ne sait jamais ce qui est de la pure parade et ce qui les anime vraiment. Mais elle sait quand elle vibre et quand elle ne vibre plus, ou qu'elle vibre moins et c'est le cas avec Elias.

Alors elle se lève délicatement, comme pour s'éclipser sans bruit, presque en glissant, mais elle voit qu'Elias pleure à chaudes larmes et ça la retient encore quelques instants. Juste quelques instants. Elle lui caresse brièvement les cheveux, puis elle file.

Le ciel lui est tombé sur la tête, pauvre Elias… Et pas que le ciel d'ailleurs. Les étoiles et les trous noirs aussi, surtout sa bonne étoile avec les filles puisque c'est la première fois qu'on le quitte.

Son premier amour fou s'envole, et le voilà comme un con à la terrasse du Café Français ; l'endroit le moins fait de Tel Aviv pour fondre en larmes devant tout le monde. La journée n'est pas finie mais elle lui semble déjà interminable, et il ne voit pas comment arriver au lendemain dans ces conditions ; à plus forte raison survivre plusieurs jours. C'est typique du chagrin d'amour, qui interdit de se projeter dans le temps ; qui vous cloue sur place et vous crucifie. Elias a juste envie de mourir. Il lui faut un soutien, une main charitable, une digue. C'est trop dur d'affronter le néant qui vient. Quel sens a encore sa vie ? Il a tellement rêvé l'avenir avec Olga… La jolie maison à Yafo, le jardin, les gosses, le chien…

– Ça y est Elias, il y a une voiture dispo. Tu viens la prendre ? Il me faut quelqu'un sur la frontière.

– Elle m'a quitté, Marcel ! hurle Elias. Elle m'a larguée, Olga ! Tu m'as porté la poisse, ta race ! J'en ai rien à foutre de Gaza ! Je vais mourir putain je vais mourir de chagrin ! sanglote-t-il au téléphone.

– Où tu es ? s'inquiète Marcel.

– Je sais même pas ! Dans la rue... mais c'est quoi ce quartier de merde !?....

– Reprends toi, Elias ! Je t'en supplie dis moi où tu te trouves!

– Je veux mourir !!!! brame encore Elias d'une voix chevrotante. Je ne veux plus viiiivre !

– J'arrive ! dit Manu.

– J'arrive ! dit aussi Diabolo.

Ils retrouvent Elias carrément à Bnei Brak, dans le quartier des mabouls en habit noir, assis sur un banc public - et pour cause, par là-bas il n'y a pas le moindre bistrot où se poser. Les magasins sont hideux, les étals à faire détaler le chaland, on se croirait dans une banlieue de Lahore si ce n'était le rire clair d'adorables collégiennes en jupe plissée aux arrêts d'autobus.

– J'ai ma dose de mochetés pour aujourd'hui, décide Diabolo en forçant Elias à monter dans la Fiat 500.

– Je veux mourir ! hurle encore Elias en résistant.

– Ok mais pas ici, réplique Manu, en aidant Diabolo à la pousser à l'intérieur, et ils démarrent.

– Tout ça pour une gonzesse de vingt cinq balais ! marmonne Diabolo mécontent, en allumant un Cohiba.

– Elle t'a vraiment jeté ? s'inquiète Manu en songeant que ça pourrait peut-être faire les affaires de Juliette. D'ailleurs, doit-il l'annoncer à Juliette ? Après tout, si Elias pouvait du même coup revenir vers elle, ça l'arrangerait. Ça le dérangerait aussi parce qu'il s'attache jour après jour à Juliette, Manu. Alors que faire ? Dilemme pour deux blondes !...

– Putain mais comment je vais pouvoir vivre sans elle?! sanglote encore Elias. Vous vous rendez pas compte comme je l'aime ! J'en veux pas d'autre ! Je veux mouriiiiir!

– Oh ! ta gueule …

Ils reviennent sous une pluie battante passer la soirée entre mecs au Kerem. L'eau commence à dévaler les rues en pente, et former des mares aux intersections. Il n'y a plus un chat sur la Tayelette, et les bistrots de la plage ont remblayé en prévision de la tempête. Ça tonne sur la ville comme un passage de F16 à Mach2. C'est assez spectaculaire à regarder, ce ciel zébré d'éclairs, un peu apocalyptique aussi, mais c'est Tel Aviv en hiver. Pas question de diner sur la terrasse, bien entendu. Diabolo fait chauffer le four et mitonne en deux temps trois mouvements un poulet basquaise aux haricots blancs dont ils ne laissent même pas un os : « Je veux mouriiiir ! », crie encore une fois Elias au dessert.

CHAPITRE 11

Juliette se rend avec une certaine appréhension à l'adresse indiquée dans l'annonce. Ça lui fait mal de revenir là, et les mauvais souvenirs la submergent, mais elle surmonte finalement ces réminiscences déplaisantes parce que le loyer est très bas et aussi parce que la propriétaire est un amour de yiddish mama : « Je préfère une fille comme toi, que le précédent locataire : un type toujours avec la braguette ouverte !.. Garde la caution pour ta robe de mariée, ajoute-t-elle en l'embrassant comme du bon pain. Une belle blonde comme toi toujours célibataire ? Il est devenu fou le bon dieu!...»

Juliette signe en tremblant le contrat de location, pour un an renouvelable, à 3.000 shekels par mois, et la voilà prête à s'installer avec l'ancien chat d'Elias dans l'ancien garni d'Elias rue Lewinski, juste en face de la tour où habite désormais Elias...

Elle appelle aussitôt sa mère pour lui annoncer la bonne nouvelle, car c'est quand même une bonne nouvelle d'avoir enfin trouvé un logement :

– Tu habites donc avec Elias ? demande Sandrine.

– Heu oui... c'est-à-dire que non... enfin pas avec lui directement mais chez lui.... avec Jean-Pierre, bafouille Juliette.

– Jean-Pierre ? Qui est ce garçon ?...

– Je t'expliquerai plus tard.

– Explique moi maintenant, chérie...

– Je peux pas, là, maman j'ai presque plus de batterie... Et elle raccroche sur l'habituel « bisou m'man ».

Depuis qu'elle est à Tel Aviv, Juliette use toujours de ce stratagème pour éluder les questions de sa mère et éviter de l'inquiéter. C'est une femme si fragile, Sandrine... Elle revient en courant rue Abarbanel annoncer à Manu qu'elle va enfin libérer sa chambre à coucher, et débarrasser le plancher, mais Manu n'a pas l'air enchanté par la nouvelle :

– T'as même pas un lit, lui fait-il remarquer.

C'est pas grave, je vais acheter un matelas en mousse rue Hertzel... Y en a des pas chers.

– Tu repeins pas l'appart, avant de t'installer ?... C'était assez crade chez Elias...

– Elle a tout repeint, la proprio. C'est nickel...

– Attend au moins que tes affaires arrivent de Jéru...

– Non non, j'ai vraiment envie d'être chez moi tout de suite...

– Reste encore au moins ce soir....

– Non Manu je t'assure, je t'ai assez squatté...

– Ok..., dit Manu résigné. Mais tu vas me manquer. J'aime que tu sois là, lui déclare-t-il en l'entourant de ses bras, et si elle se laisse faire, elle ne sait pourtant pas comment réagir à cet élan soudain. Normalement on ne bande pas quand on fait un hug à une copine. Là, elle sent bien l'érection qui se forme dans son jean; la grosse gaule, même. Mais elle n'ose pas non plus le repousser. Elle espère juste qu'il ne va pas profiter de la situation, essayer de l'embrasser par exemple.

– Juste un baiser, lui chuchote Manu en cherchant sa bouche.

– Arrête s'il te plait Manu, arrête... On a ... Je veux dire tu pourrais être mon père...

– Tu me plais Juliette...

– Dis pas ça, s'il te plait Manu, le supplie-t-elle alors qu'il la serre un peu plus, et que sa main glisse sur sa robe et s'enfonce dans le tissu, entre les fesses. Là, elle lui décoche un coup de genoux qui le détache d'elle aussi sec, et il va s'écrouler sur le canapé en se tordant de douleur : « Oh pardon Manu, excuse moi je t'en prie excuse moi, l'implore-t-elle en tombant à ses pieds. Je voulais pas... Mais comprend moi... Attends je t'apporte un verre d'eau... Oh la la la la.... Qu'est-ce que j'ai fait !... ».

Elle se précipite vers le frigo et en sort une bouteille d'Ein Guédi, prend un verre dans le placard et revient faire boire Manu, recroquevillé sur le divan : « Bois Manu, s'il te plaît !... Bois, tu verras, ça va te faire du bien, le supplie-t-elle en lui tendant le verre qu'il ne prend pas. Respire !... Respire ça va passer », ajoute-t-elle en lui caressant le front.

– Aïe aïe aîe! gémit Manu. Oh mon dieu! J'ai jamais eu aussi mal... Aïe je vais crever....

– Mais non, je te jure, j'ai pas frappé fort Manu je t'en prie, t'es quand même solide quoi pardonne moi je savais plus quoi faire, bredouille Juliette à son chevet.

– Je vais aller à l'hosto aïe aïe aïe, gémit encore Manu.

Alors Juliette dépose le verre d'eau sur la table basse, et glisse lentement la main sur sa cuisse jusqu'à sa braguette et le déboutonne méthodiquement : « laisse moi faire » lui chuchote-t-elle, en enfouissant délicatement sa main à l'intérieur du pantalon. Peu à peu Manu se détend, la douleur se dissipe par l'enchantement de la caresse et Juliette le suce avec application pour l'apaiser totalement. Ensuite elle se relève et dit simplement:

– Voilà Manu, j'espère qu'on est quittes, cette fois.

– Je suis désolé Juliette, parole que je simulais pas, et puis...

– Et puis rien, le coupe-t-elle, je vais faire ma valise et puis tu vas oublier ce qui s'est passé. OK ?

– Prend quand même une paire de draps, dit Manu gêné, en refermant son pantalon.

– Merci. C'est toujours d'accord pour que j'emmène Jean-Pierre, hein ?

– Bien sûr, bien sûr, c'est ton chat maintenant...

– Il est où Jean-Pierre ? s'inquiète Elias en entrant chez Manu le lendemain, coiffé d'une casquette et un battle dress un peu trop grand pour lui. Mais il a surtout les yeux rouges ; continuellement rouges. Depuis qu'Olga l'a quitté il ne fait que pleurer. Du coup Marcel lui a accordé quelques jours de repos, et il traine comme une âme en peine, de bistrot en bistrot. Il n'est pas retourné dormir rue Lewinski, et il n'a rien avalé non plus, à part du vin et des cafés. Il fond à vue d'œil, mais il sent mieux le ventre creux. Il a tellement jeûné auparavant...

– Jean-Pierre ? répète Manu, pris de court. Ben je sais pas, il doit vadrouiller...

– Mais où veux-tu qu'il vadrouille ? T'habites au cinquième...

– Peut-être chez les voisins... Il a dû passer par le balcon.

– Tu peux aller voir, s'il te plaît ? je voudrais le récupérer, insiste Elias. Au moins lui, il me larguera pas....

Gêné, Manu fait un rapide aller-retour chez les voisins, et revient soulagé : « y a personne pour l'instant »....

CHAPITRE 12

Elias reprend la route de Gaza le lendemain dans un autre 4X4, aux couleurs de la chaine cette fois ; un Toyota flambant neuf, équipé d'un frigo et d'une machine Nespresso. Un prodige d'aménagement pour road trip. Sur la route, il reçoit un appel de Juliette qui veut lui annoncer qu'elle a repris son appartement rue Lewinski, mais il ne répond pas et elle raccroche sans laisser de message. Ça le met quand même dans un état très particulier, une certaine excitation sexuelle disons, qui s'accommode déjà mal de son chagrin car normalement l'une chasse l'autre, alors que là, l'une a beau avoir chassé l'autre, l'autre revient quand même par la petite porte. Ce n'est pas qu'elles fassent jeu égal dans son coeur, loin de là, mais il coucherait bien encore une fois avec Juliette parce que cette histoire lui laisse un goût d'inachevé.

Peut-être lui rendra-t-il visite à son retour de Gaza, deux jours plus tard. Tiens, d'ailleurs, où peut-elle bien habiter à Tel Aviv ? se demande-t-il en passant, et c'est la première fois qu'il se pose la question. Puis Olga fait à nouveau main basse sur ses pensées, et il se remet à pleurer.

Il passe à l'unité golani de Nahal Oz pour signaler son retour sur le terrain, ensuite il va garer le 4X4 au pied de la dune artificielle édifiée face à Gaza. Après 4 jours de tempête, le soleil est revenu mais les pluies diluviennes ont métamorphosé le paysage. La rocaille a cédé la place à une verdure incongrue dans le secteur, et la dune devenue une colline herbeuse, déjà piquée de coquelicots….

Un message de Marcel arrive aussitôt, lui demandant un sujet sur l'effondrement des tunnels du Hamas à Gaza, à cause des intempéries justement, et Elias appelle alors son contact au Shin Bet, lequel lui confirme l'info. Il grimpe au sommet de la dune avec sa caméra, et filme quelques plans larges de la clôture. Avec une interview FaceTime du commandant de l'unité golani et des images d'archives des tunnels, il aura de quoi fabriquer un sujet d'une ou deux minutes.

Ça le distrait un peu de son tourment, mais il s'essuie régulièrement les yeux en travaillant, parce que les larmes coulent même à son insu. Après quelques plans à l'épaule, il s'installe à l'arrière du 4X4 pour l'interview FaceTime, et l'image du commandant de l'unité golani apparaît.

– Bonjour, Illan… Excuse moi de te déranger, mais peux-tu m'accorder trois mots au sujet de l'effondrement des tunnels ? demande Elias en hébreu

– Tu pleures ou quoi ? fait Illan

– Non juste une conjonctivite, prétend Elias.

– … D'après nos infos, lui dit l'officier, il y a eu pas mal d'éboulements oui et…

A ce moment là, la portière latérale du 4X4 s'ouvre violemment et Elias se sent happé, puissamment tiré dehors et jeté à terre. Bon sang, les deux bédouins ! A peine arrivé sur zone, ils l'ont retrouvé. Le téléphone arabe sans doute. Mais sa grande chance avec la téléphonie ce jour là, c'est que son I Phone 7 filme en direct la scène, et le commandant golani croit que c'est un attentat. Il ordonne à une jeep en patrouille dans le secteur, de foncer vers la dune artificielle. Pendant ce temps, Elias est roué de coups par les bédouins. Il parvient à s'échapper, mais ils le rattrapent cent mètres plus loin et le ramènent de force au pied du 4X4. Ils le fouillent, et lui confisquent les clefs du véhicule. L'un deux sort alors un couteau, au moment même où la jeep de l'armée surgit pour le sauver d'un égorgement certain. Les deux gars détalent aussitôt mais la Jeep se lance à leur poursuite, tandis qu'Elias se relève difficilement, tuméfié comme après un combat en dix rounds....

Inutile de dire qu'il a eu de meilleurs moments dans la vie. On dirait un peu que le sort s'acharne sur lui ces derniers temps...

Il va s'allonger les bras en croix sur la dune, et respire à pleins poumons pour retrouver son souffle. Quel bol ! Sacrée veine, même. S'il avait appelé le commandant golani une minute plus tard, rien qu'une minute plus tard, il aurait été saigné comme un veau.

La Jeep revient ensuite avec les deux bédouins capturés et fait une courte halte devant le 4X4. Un soldat en descend, et Elias se redresse : « Tiens, ça doit être les clés de la voiture. Tu peux passer faire ta déposition en fin de journée ? » lui lance le militaire, et Elias répond positivement d'un signe de la tête en récupérant les clefs.

Mais il se sent nauséeux à l'idée d'avoir eu une chance aussi folle, et ces deux gars une mouise aussi terrible.

Il va et vient autour du 4X4 en se demandant s'il ne ferait pas bien d'appeler Illan, le commandant de l'unité golani, pour lui dire la vérité et les faire relâcher. Un fort sentiment de culpabilité commence à l'envahir. Tout de même, il a arnaqué ces deux pauvres mecs et en plus ils vont se faire coffrer va savoir combien de temps... Pour une tentative d'assassinat en flagrant délit, ils peuvent prendre dix ans ; perpète pour terrorisme. Surtout en pleine intifada des couteaux ! Ce n'est pas supportable. D'un autre côté, ils l'auraient vraiment égorgé si la Jeep n'était pas arrivée à temps. Ils n'auraient pas hésité, eux…

Il appelle Manu pour lui demander conseil, tandis que Marcel lui envoie message sur message pour avoir au plus vite son sujet sur l'effondrement des tunnels : « je l'ai programmé pour le Grand Soir de Danielle Godmiche, alors grouille ! », le presse-t-il.

— A chaud comme ça, je sais pas quoi te dire, avoue Manu. C'est une sale affaire, j'ai l'impression… Mais l'important c'est que tu sois encore en vie.

— Ça se complique sérieusement là , marmonne Diabolo de son côté. Si seulement tu pouvais résilier ton abonnement aux conneries, Elias !… Mais pour l'instant, tu bouges pas ! Ils ont essayé de t'assassiner au couteau point barre. C'est un attentat, et c'est tout !

— Je veux pas que t'en parles sur IBN, Diabolo. Pas un mot!

— Chui pas une balance, hein !

Chagrin d'amour plus solitude plus détresse morale, le voilà pris dans un cocktail de drames existentiels sans issue, et son reportage sur l'effondrement des tunnels s'en ressent. On dirait le reflet de son propre éboulement intérieur. Il ne pense qu'à Olga et sa langue fourche à tout va pendant l'enregistrement du commentaire, enchainant les lapsus comme « olganisation islamiste » au lieu de « organisation islamiste », à propos du Hamas…Tant pis pour la qualité, il balance le sujet tel quel à 18h et, en retour, il reçoit une nouvelle bordée de compliments du redac-chef : « C'est nul ! Minable ! A chier ! Je dois refaire tout ton commentaire de merde !». Mais ça ne l'atteint guère. Bien moins en tous cas que le dilemme qui le tourmente. En fin de journée il passe à l'unité golani faire sa déposition, avant d'aller dîner à Nétivot.

– On a transféré les deux terroristes au Shabak, lui annonce Illan.

– Le service secret ? demande Elias.

– Oui c'est ça, et ils détermineront s'il s'agit d'un acte terroriste ou un acte criminel...

– OK, dit Elias. Mais à mon avis c'est du terrorisme...

– De toutes façons, il y a le flagrant délit filmé par mon téléphone, et confirmé par la patrouille, donc hein..., conclut l'officier en lui tendant la déposition à signer. Evite de dormir dans le 4X4, ajoute-t-il en lui serrant la main, et Elias prend congé.

Il dîne sur le pouce d'un falafel sans goût au canyon de Nétivot, en espérant que le Shabak dira que c'est un attentat terroriste, auquel cas il n'aura pas à s'expliquer. Mais l'affaire ne le laisse pas en paix pour autant. Sa chance, si l'on peut dire, c'est qu'ils aient voulu l'égorger. S'ils lui avaient seulement piqué le 4X4, sans essayer de l'assassiner, la police aurait été chargée de l'enquête et aurait fini par faire la lumière.

Il suit les conseils de l'officier et prend une chambre d'hôtel sur place, mais le lendemain il n'y voit pas beaucoup plus clair. Il a fait des cauchemars pleins de confusions, et ne trouve toujours pas de solution à l'injustice qui est en train de se commettre à son profit. S'il se dénonce, c'est lui qui se retrouvera derrière les barreaux pour escroquerie, sans compter un licenciement inévitable pour faute grave. Dans tous les cas il est perdant. Marcel l'appelle furieux à sept heures du matin :

– Une dépêche de Reuters qui m'apprend la nouvelle, là c'est le bouquet Elias ! T'es trop fort !

– Ça va, ça va, je suis pas mort, répond-il négligemment.

– Mais c'est la concurrence qui sort le scoop, Elias !!! J'ai l'air de quoi, moi ?!

– C'est pas un scoop ! Il y en a tous les jours des tentatives d'attentats au couteau ! Tous les jours ! se défend-il maladroitement

– Pas sur un journaliste franco-israélien ! Et pas dans le Néguev !

– Ecoute Marcel, si j'ai hésité à t'appeler c'est que moi, je veux pouvoir continuer à bosser ici et il vaut mieux ne pas faire mousser cette affaire….

– Mais qu'est-ce que tu racontes ?! On tient un scoop formidable et tu veux en faire cadeau aux Ricains !

– Réfléchis Marcel, au lieu de t'emballer bêtement !!! Si on fait de moi une victime, ou un héros, il y aura d'autres tentatives d'assassinat sur des envoyés de H24, justement parce que je suis un journaliste franco-israélien. Pour les terroristes, on deviendra des cibles idéales si on médiatise !

– De toutes façons, tu rentres !... Rentre immédiatement Elias ! hurle Marcel. Reviens tout de suite à Tel Aviv. Je ne veux pas avoir ta mort sur la conscience !

Ce qui met un point final à son aventure d'envoyé permanent sur la frontière de Gaza. Mais pas à son chagrin d'amour, encore moins à son drame de conscience vis à vis des deux bédouins. Et puis il n'avait pas prévu que la nouvelle se répandrait aussi vite. En route, il rappelle les amis de Tel Aviv :

– Ils ont quand même voulu t'égorger ! plaide Manu, après réflexion. C'est bien fait pour leur gueule, après tout…

– Oui mais je les ai arnaqués, putain ! Arnaqués de vingt cinq mille boules quand même…

– Tu les rembourses et c'est marre !

— Mais je l'ai claqué, le blé ! Tu comprends pas ou quoi ?

— Démerde toi, mais je préfère qu'ils soient tous les deux en cabane plutôt que toi tout seul six pieds sous terre, ajoute Manu.

A son retour dans les locaux de la chaîne, Elias est entouré comme un héros. Toutes les filles de la news-room jouent des coudes pour l'embrasser, lui faire des hugs passionnés, des selfis historiques. Tout est prêt pour qu'il témoigne dans le Grand Soir, l'émission de Danielle Godmiche, mais Elias décline l'invitation au motif renouvelé que « ça nous exposerait tous à de nouvelles tentatives d'assassinat ». Or là-dessus les avis divergent. Les pour et les contre s'affrontent quelques minutes, et si Elias parvient à convaincre certains de ses camarades, il doit se battre pied à pied pour échapper à la pression de la hiérarchie. Son intérêt, c'est d'étouffer l'affaire. Faire profil bas. Très très bas, même:

— Vous ne pourrez plus bosser dans les Territoires, si on médiatise ce qui m'est arrivé, plaide-t-il.

— Mais j'ai des appels de tous les confrères israéliens pour t'interviewer ! rétorque Marcel.

— Tu refuses, c'est tout !

— Mais on peut pas faire ça, Elias ! On est au cœur de l'actu, là!

Le directeur de la chaine, puis le méga directeur puis le giga directeur l'appellent sur son portable, pour lui ordonner de « faire mousser », mais Elias rétorque à chacun d'eux que « c'est prendre un risque considérable pour tous mes collègues. Vous y pensez un peu, à vos salariés? »…. Devant leur insistance, il menace de démissionner, et obtient ainsi de faire silence sur cette affaire. Juste une brève en fin de journal et c'est marre.

Olga suit le débat de loin et, si elle ne s'en mêle pas, elle imagine quand même le drame que c'aurait été pour elle qu'il soit égorgé juste après leur séparation. Une culpabilité sûrement irréparable. C'est seulement une fois que chacun est retourné à son ordi qu'elle approche enfin d'Elias : « tu peux pas savoir ce que j'ai ressenti quand j'ai lu la dépêche de Reuters… J'en serais morte, je crois ! » « bah, c'est les risques du métier » lui répond-il dans un sourire forcé de lonesome cowboy.

Elle le retient par le bras et, les yeux dans les yeux, elle lui déclare :

« Fais quand même attention à toi, je veux pas qu'on te fasse de mal, Eli… »

Il s'éloigne sans se retourner, en priant le ciel qu'elle commence à se mordre les doigts de l'avoir largué. Mais à peine dehors, il se remet à pleurer. L'avoir revue, le déchire. Ça c'est un coup de poignard. Un vrai. Au moins sur la fausse dune, face à Gaza, c'était loin des yeux-loin du coeur.

Dès le dimanche suivant il réintègrera la news room, et ça voudra dire : avoir Olga dans son champ de vision huit heures par jour. Or il en passe au moins six à chialer…

CHAPITRE 13

Tout frétillant, Diabolo prend la route de Ben Gourion Airport pour aller chercher Dina Aziza. Elle rentre enfin, après six mois passés dans le Dakota à travailler sur sa thèse. Entre elle et Diabolo, c'est très freudien. Il a la carrure de son père, le même surpoids, le même rire d'ogre et 15 ans de plus qu'elle. D'où la difficulté qu'ils ont déjà eu à s'accoupler avant qu'elle n'aille séjourner aux Etats-Unis pour ses recherches. Et encore, à l'époque Dina avait un appartement à Tel Aviv. Là, elle a demandé à Diabolo de l'héberger avec sa chienne pendant quelques temps, avant qu'elle ne reparte faire ses recherches en Pologne. La cohabitation ne pourra que les rapprocher, et ce serait bien le diable que tout ça ne se termine pas dans le même lit …

Le soir même, Diabolo donne une fête sur la terrasse pour le retour de Dina. Quelques dizaines d'invités se bousculent autour du buffet, même Romy, et c'est la première fois qu'elle revoit Manu depuis la terrible soirée où elle l'a éborgné. Dans la cohue ils parviennent à s'éviter, mais finissent par tomber nez à nez devant la porte des toilettes. Elle en éprouve un peu de dégoût, mêlé de pitié, tandis que son cœur à lui roule tambour comme chaque fois qu'il la rencontre. Incurablement amoureux d'elle, Manu. Mais d'où vient qu'on aime à ce point quelqu'un qui ne vous aime pas ?

Manu n'a connu à ce jour que des amours partagés. Depuis qu'il est arrivé à Tel Aviv, si l'on compte aussi le refus de Juliette, ça fait deux gamelles. Il y a de quoi se poser des questions, non ? Tant qu'il a été dans le cinéma X, cette question ne s'est pas posée. Mari de sa femme dans le civil, et amant de toutes ses partenaires au boulot, sa vie amoureuse était claire comme l'eau de source. Sans ambiguïté. Avoir divorcé et quitté le milieu du porno, a modifié sa condition de mâle. Il ne sait plus comment on fait pour séduire une femme ; comment on la met dans son lit. Mais a-t-il seulement jamais su ?

— J'espère qu'un jour tu… me pardonneras, dit-il à Romy, la voix sourde et le cœur qui cogne.

— N'en parlons plus… Mais tu as de l'espoir ?.... Pour ton œil je veux dire….

— Non, c'est mort je crois…

— … Euf !... soupire-t-elle accablée. Je sais pas quoi te dire Manu… J'ai jamais fait de mal à personne, moi… Jamais… Mais ce que tu m'as fait ah non, ça passera pas… Jamais !

— Un jour peut-être…

— Non, jamais !

— … Alors dans une autre vie peut-être… Enfin, si je peux t'aider…

Elle s'enferme quelques instants aux toilettes, et quand elle ressort, Manu est toujours là à l'attendre, tout énamouré.

— Mon fils est rentré en France, tu sais ? lui dit-elle. Alors si tu veux son vélo électrique, eh ben passe le prendre…

— Vraiment ? s'étonne Manu. C'est gentil…

— Je te le laisse pour 3500 shekels, précise Romy, et Manu n'ose pas discuter le prix, pourtant très exagéré. 3500 shekels c'est ce que coûte un vélo électrique neuf ; pas une deuxième main, va savoir dans quel état. Mais, comme l'a déjà remarqué Diabolo, Romy croit toujours manquer d'argent alors qu'elle ne paie même pas de loyer avenue Dizengoff. Ou alors elle considère que Manu est devenu son débiteur ad vitam aeternam ; qu'elle pourra le taxer à loisir pour prix de son silence. En tous cas elle en veut 3500 shekels, de son vélo de merde, et ce n'est pas le moment de mégoter. Manu lui dit d'accord je passerai le prendre demain, mais Romy exige une avance cash, tout de suite, là, devant les chiottes :

– J'ai que 300...

– Donne les moi, fait-elle sans état d'âme. Comme ça je bloque la vente... Et elle empoche tout ce qu'il a en poche, même les pièces de deux shekels. Au fond, elle aurait dû faire du X, se dit Manu. Elle a la cupidité des hardeuses, dont les faux cils battent fébrilement à la vue du moindre billet de banque... : « Ça va, les amoureux ? », leur lance Dina en passant. Même en coup de vent, ça doit se voir que Manu est toujours aussi fou de Romy bien qu'elle soit odieuse avec lui.

– Il est où, ce con d'Elias ?! claironne Diabolo en passant à son tour, suivi de Jonathan Simsem sur ses talons.

– J'en sais rien, répond Manu.

– Eh ben appelle le, quoi ! Il est déjà minuit ! (A Jonathan) Monte le champagne, Jojo, je ramène les douceurs...

Or cette nuit là, Elias redort enfin chez lui rue Lewinski, ou plutôt s'y endort, après s'être allongé pour une petite sieste vespérale en rentrant de H24, et ne rouvre les yeux que le lendemain matin, ébloui par les premiers rayons du soleil. C'est vendredi, veille de shabbat, son jour préféré à Tel Aviv. Toute la tension, toute l'énergie de la ville retombent. Dès la veille au soir, du Namal à Florentine, les bars sont pleins de filles sur talons-aiguille, décolletées jusqu'au nombril quelque soit la météo.

L'appétit de vivre devient presque palpable. Le vendredi, les gens se lèvent tard et prennent le petit déjeuner au bistro mais en couple, en famille ou en bande. Personne ne reste seul ce matin là de la semaine sauf Elias qui a envie d'être seul, lui. Il se prépare un café qu'il va boire sur la terrasse, toujours aussi nauséeux.

Sur le petit balcon de son ancien appartement en contrebas, il voit que des culottes et des soutien-gorge sèchent sur un fil et ça l'excite un peu qu'une femme habite maintenant à sa place dans le réduit. Connaître d'abord les sous-vêtements d'une voisine, avant même de connaître ses vêtements, peut provoquer chez lui des élans incontrôlés. Il irait bien frapper à sa porte, du coup...

Mais il retourne d'abord se servir un deuxième expresso, feuilleter *La Conscience de Zéno* et prendre quelques notes sur son projet de roman, puis il revient sur la terrasse. Son dilemme ne le quitte pas un instant et son chagrin le harcèle comme une névralgie. Quand ce n'est pas Olga, ce sont les deux bédouins qui le hantent. L'un chasse l'autre. Il redoute tellement l'effet boule de neige de la dépêche de Reuters ! Un journaliste d'Israël Hayom s'est d'ailleurs procuré son numéro et lui a laissé un message pour en savoir plus.

Elias voit alors que la fille qui lui a succédé dans le réduit d'en bas, s'est installée pour un bain de soleil, allongée sur le ventre. Même s'il est trop haut perché pour reconnaître Juliette, il devine qu'elle est blonde et qu'elle a un corps doux et galbé comme celui d'Olga. Ou comme celui de Juliette, justement. Un chaton vient grimper sur son derrière, et elle l'écarte d'un simple geste de la main. Le chaton fait une cabriole arrière mais remonte sur les fesses de sa maîtresse, et le manège recommence ainsi à plusieurs reprises. Scénette attendrissante qui lui refait penser à Jean-Pierre, bien entendu, mais qui le distrait surtout de ses deux drames...

Il descend sonner chez elle au prétexte de récupérer son courrier, et quand Juliette lui ouvre, juste vêtue d'un petit paréo, Elias a un brusque mouvement de recul : « Ben merde !.. fait-il interloqué. C'est toi qui habites là ?...».... Elle tient le chaton dans ses bras pour éviter qu'il ne s'échappe, et le serre encore plus fort en voyant apparaître Elias. Les mots ne lui viennent pas tout de suite, les larmes oui. Elias est tenté de fuir, mais ce serait trop minable. D'un autre côté, faire face à une femme qui pleure c'est tellement désarmant ; une femme avec qui on s'est mal comporté surtout ; qu'on a humiliée. En plus, Juliette ne pleure pas comme une souillon, avec des coulées de rimmel et des glapissements qui font fuir. Dos au mur, elle laisse rouler les larmes sur ses joues en silence, comme Kim Bassinger dans *Neuf semaines et demi*. Elle laisse aussi la porte ouverte, pour qu'il revienne enfin, qu'elle puisse le toucher à nouveau. La peau d'Elias lui a tant manqué !...

Tête basse, il finit par entrer et refermer derrière lui. Pour le fun, c'est raté. Mais son ancien taudis est devenu si coquet et si douillet que ça lui fait drôle. Ça lui donne des regrets, même. Juliette a tout arrangé, comme les filles savent faire avec trois fois rien. Une lampe, un tapis de joncs, des coussins de couleurs et voilà, c'est habité.

Il faudrait qu'il la baise pour qu'elle arrête de chialer, mais loin de lui l'envie de baiser. Tant qu'il ignorait que c'était elle, il avait envie de sexe avec n'importe quelle femme qui aurait habité là. Maintenant qu'il sait, c'est différent. Elle s'essuie les yeux et va préparer du café ; sort une boîte de biscuits en métal, comme une mamie, et la pose devant lui. Elle qui est si belle, si pure, si rock'n roll d'habitude, devient maternelle en sa présence. Ça horripile Elias mais il se contient. Toujours en silence, elle dresse une table de petit déjeuner sur la table basse, coupe du pain, grille des toasts. Beurre, confiture, jus d'orange. Elle ne le fait pas exprès, mais instinctivement elle accomplit les gestes qui obligeraient Elias à vivre une vie normale avec elle. C'est ça, exactement ça, la vie qu'elle veut avec lui. Le shlom habaït, comme chez les religes ; comme Mathilde sa sœur, avec son mari et ses sept gosses.

Le chaton n'y comprend rien, bien sûr. Il gambade, fait des cabrioles, griffe le jeans d'Elias :

— Comment tu savais que j'habitais là ? demande-t-elle enfin, la voix encore éreintée de sanglots.

— Je savais pas... Je suis juste passé prendre mon courrier, répond Elias en jouant distraitement avec Jean-Pierre.

Evidemment il se demande pourquoi ce chat ressemble tellement à celui qu'il a donné à Manu. Mais rien ne ressemble plus à un chaton gris qu'un autre chaton gris, non ? Impossible d'imaginer que c'est le même. Par quel bizarre hasard aurait-elle hérité de son chat ? Manu n'est même pas sensé savoir qu'elle est à Tel Aviv, se dit naïvement Elias. Ça devient pourtant clair que c'est le même chat, quand Juliette ordonne au matou de descendre de la table basse en l'appelant Jean-Pierre. Là, Elias a comme l'impression qu'il va avoir une furieuse crise d'urticaire, ou d'asthme ou de sinusite, mais que tous ces hasards, ça commence à ne plus s'appeler du hasard. Du tout du tout.

— C'est toi qui lui as donné ce nom ?

— Pourquoi cette question ?

— Comme ça, pour savoir...

-Ben oui, répond Juliette après une seconde d'hésitation. Car, si elle ne connaît pas le fin mot de l'histoire, elle sent quand même qu'il y a un lien entre Jean-Pierre et Elias par l'entremise de Manu, et elle gagne un peu de temps :

— C'est vraiment zarbi que tu aies un chaton qui s'appelle Jean-Pierre alors que j'ai donné à Manu un chaton qui s'appelait aussi

Jean-Pierre... Et qui ressemble comme deux gouttes d'eau à çui-là! fulmine Elias.

Juliette ne veut surtout pas qu'il se serve de ce prétexte pour la quitter à nouveau sur un éclat, alors elle prend encore un peu de temps avant de répondre, en lui beurrant un toast :

– Tu peux m'expliquer ? insiste-t-il.

– Explique moi d'abord pourquoi tu m'as humiliée, finit-elle par dire.

– Je ne t'ai pas humiliée ! proteste Elias. Je vivais ma vie, et tu es arrivée comme un cheveu sur la soupe, c'est tout !

– Tu savais pourtant que j'arrivais.

– Non, tu devais arriver la veille ! J'ai cru que tu avais renoncé, et d'ailleurs je ne t'ai pas demandé de me rejoindre ici... Je suis juste passé prendre mon courrier.

Elle lui tend le toast et le regarde mastiquer, toujours aussi affamé, toujours cet appétit vorace, et elle, quasi nue dans son court paréo, les tétons saillants sous la soie, juste éperdue d'amour pour cet ogre, se sent irrémédiablement glisser dans ses bras alors qu'elle ne devrait pas. Sa tête incline vers lui comme malgré elle, se pose sur sa poitrine, et Juliette sombre dans un état pire encore que l'abandon et la résignation ; un état de reddition, voilà le bon mot. Elle ne peut résister à l'attraction qu'exerce sur elle ce type, et elle s'emballe sans retenue ; se serre contre lui, l'embrasse et le caresse, toutes les digues de la méfiance cédant l'une après l'autre; tombant comme des quilles ! C'est ça, la passion. Après une première rupture, on a encore plus envie de sexe ensemble. La dispute ranime l'érotisme ; la rupture attise le désir ; les retrouvailles sont torrides et, dès que l'on se touche à nouveau, on a moins besoin de s'expliquer. On a trop manqué de la peau de l'autre et les questions qui fâchent sont renvoyées aux calendes grecques. Elias ne saura pas comment elle a hérité du chat et elle ne saura pas ce qui a bien pu bouillir dans sa marmite à lui, pour l'humilier comme il l'a humiliée quand elle est arrivée à Tel Aviv. En tous cas, ils n'en reparleront pas ce matin-là...

Un jour il lui a dit : « ensemble on n'a pas de force ». Pourtant, toute la tension qui s'est accumulée en lui depuis qu'Olga l'a quitté, et toute la parano après l'attaque des deux bédouins, se sont vraiment apaisées en refaisant l'amour avec Juliette. Il lui doit au moins ça, et si ce n'est pas de la force au sens littéral du mot, c'est quand même un grand bienfait. Mais la suite ? Sortir dans la rue ensemble, est-ce même possible ? Envisageable ? Olga sera au courant en temps réel, pour sûr ! Et le peu d'espoir qu'il a de la retrouver un jour, s'envolera définitivement. Les bruits courent si vite chez les français de Tel Aviv ! Nouveau sac de nœuds pour Elias; nouveau tourment. Chacune de ses actions l'entraîne dans un nouvel imbroglio, ou une gêne, ou une parano supplémentaires. Il est pris comme dans un engrenage qu'il n'arrive pas à briser. Un fatum pire qu'une fatwa...

A peine apaisé, le voici à nouveau tourmenté ; à nouveau en proie à la colère. Il se rhabille.

— Reste encore un peu, s'il te plait, le prie Juliette.

— C'est Manu qui t'a donné ce chat ? répond-il

— Me baise pas comme une pute, s'il te plait Elias... Je t'aime, moi.

— Répond moi, j'ai besoin de savoir...

— Non, je l'ai trouvé dans la rue, prétend elle.

— OK je repasserai ce soir, dit-il.

— Tu me le promets ?

— Non mais je repasserai...

– Tu passes à quelle heure, Manu ? s'inquiète Romy de son côté.

– Je pourrai pas cet aprèm, répond Manu.

– Quand alors ? demande-t-elle sur un ton impérieux.

– Je te rappelle tout à l'heure pour te dire. J'ai une arrivée vers 17h...

– OK j'attends ton appel jusqu'à shabbat dernière limite, le prévient-elle et, sans qu'elle ne précise davantage, Manu comprend qu'elle ne va pas abandonner la partie juste à cause du jour de repos hebdomadaire. C'est un dead line qu'elle lui a fixé ; un ultimatum. Au-delà de ce délai, dieu sait ce qu'elle pourrait faire. Mais quel culot ! Il se ruinerait pour elle ; pas pour son vélo de merde.

On sonne à ce moment là, et Manu va ouvrir.

– Tiens, Elias... Tu veux un café ?...

– Non ça va... Je viens juste récupérer Jean-Pierre...

Manu essaye à nouveau de lui raconter un bobard au sujet du chat, mais Elias l'interrompt sans ménagement : « Arrête de mentir, lui dit-il d'un ton glacial. T'as filé mon chat à Juliette, et je veux savoir pourquoi t'as fait ça ».

Une violente dispute s'ensuit entre les deux amis, Manu plaidant que Juliette était si désemparée par la trahison d'Elias qu'il n'a pas eu le cœur de lui refuser ce chat...

– Imagine que je donne un cadeau que tu m'as fait à ton ex, Manu ! Imagine ! Ça te ferait plaisir ? Tu veux que je te dise : t'es un bel enculé !

– Mais calme toi, Elias ! Tu m'as quand même imposé ce chat !

– T'avais qu'à refuser !

– Oui bon, j'aurais dû...

– Et elle t'a sucé, je le sais elle me l'a dit !

– N'importe quoi !

– Tu pourrais être son père, putain ! T'as pas honte ?

– T'es fou ou quoi, Elias ?!

– Tu me dégoûtes Manu ! Comme si y avait pas assez de gonzesses à Tel Aviv pour que tu niques mes ex ! A ton âge, putain à ton âge !

– Mais en quoi ça te dérange si c'est ton ex ?

– Ça me dérange, parce que tu l'as fait à mon insu ! J'ai plus confiance en toi !

– Non, ça te dérange parce que t'as été la reniquer !

– C'est faux !...

Elias repart en claquant la porte. C'était trop beau comme amitié ; trop beau pour être durable. En même temps, Manu est certain que ça se tassera, parce que la réaction d'Elias est faite à la fois d'orgueil et de panique, vu sa situation.

Mais, Manu voit aussi le lien qu'il y a entre ce clash avec Elias et ses deux derniers échecs avec des femmes. C'est peut-être lié à son âge, mais pas que. Depuis qu'il a quitté la pornographie, il essaie de reconstruire une famille élective et ça ne marche pas. Les bases sont mauvaises, sans doute. Il construit sur du sable. Son statut de sexagénaire le met en porte-à-faux dans toutes les situations où il y a un enjeu sexuel. S'il était riche et célèbre, la question ne se poserait pas. Les femmes coucheraient avec sa célébrité et son argent, malgré ses soixante ans. S'il était resté marié, sa femme serait toujours amoureuse malgré ses soixante ans aussi. S'il était resté dans le X, il ne serait pas non plus en porte à faux et aurait une vie sexuelle, car le X est une famille. Or il a voulu larguer les amarres, vivre comme un jeune homme, et maintenant il dérive sans gouvernail. Sa misère lui saute soudain aux yeux. Il n'a pas couché avec une femme depuis un an, et la dernière avec qui il ait couché était une ex-partenaire...

Peu avant 17h45, début du shabbat, Romy revient à la charge :

– Mes locataires ne sont pas encore arrivés, se justifie-t-il. Mais ils vont pas tarder...

– Je m'en fous ! Je veux mon fric !

– Ils vont arriver d'un moment à l'autre, Romy. T'impatiente pas comme ça, quand même... On n'est pas aux pièces !

– Ecoute moi bien, Manu : ou bien tu viens chercher le vélo d'ici une heure, ou bien je porte plainte contre toi pour tentative de viol. T'entends?... Tentative de viol !

CHAPITRE 14

Juliette annule son shabbat chez Mathilde à Pisgat Zeev pour rester avec Elias, tandis que Diabolo a rendez-vous rue Shabazi dans l'après-midi avec une certaine Amande (ou Amandine ou Amanda, il ne sait pas trop), avec laquelle il se passera sûrement quelque chose même si c'est un rendez-vous d'embauche. A part Dina, qui l'a laissé finalement dormir seul, aucune femme ne résiste à Diabolo malgré ses 140 kilos de gras. Mais Dina résiste...

Vers 17h, Juliette rentre de la plage où elle a passé l'après-midi avec Jonathan, l'assistant de Diabolo. Il lui fait une cour assidue et elle le trouve très gentil, mais elle ne lui laisse aucun espoir. En attendant qu'Elias la rejoigne chez elle, Juliette essaye tous ses vêtements, se parfume un peu, retouche son maquillage, à nouveau souriante et pleine de sève. La matinée d'amour qu'elle a passée avec lui, puis l'après-midi au soleil de Banana Beach, nimbent sa blondeur d'une aura dorée, et quand Juliette se met à resplendir comme ça, aucune femme n'est aussi belle qu'elle. Mais où habite-t-il en fait ?

Elle a oublié de le lui demander, tiens !, tellement elle était accrochée à sa peau, à son odeur. A-t-on idée d'être aussi folle d'un mec qu'elle est folle d'Elias ? Ça la fait rigoler, des fois. Mais pas souvent. La plupart du temps ça lui fait plutôt peur. Si seulement il lui envoyait de temps en temps un petit texto pour tempérer le mélange de désir et d'anxiété qu'elle éprouve. Ou pour l'entretenir. Ou pour lui montrer qu'il est dans le même mood. Mais rien. Pas un mot. Jamais la divine surprise de voir son nom s'afficher sur l'écran de son vieux Sony avec les premiers mots d'un message. A croire que les smartphones ont été inventés pour des prunes. De son côté elle n'ose pas non plus lui envoyer ces petits mots d'amour, comme font les filles avec leur mec. Elle craint trop de l'exaspérer. Encore moins des selfies de son corps nu, ses seins, sa chatte. Ce n'est pas faute d'en avoir envie, hein... Manu lui a fait des photos hyper suggestives sur le balcon et dans le canapé quand elle habitait chez lui, les cheveux défaits et les jambes béantes, la jupe relevée, à moitié nue en contre-jour, plaquée contre le mur, et ça l'avait un peu excitée. Au fond, elle aime bien s'exhiber. Dommage qu'elle n'ose pas. D'où lui vient cette timidité, d'ailleurs? Cette impression pénible de devoir toujours marcher sur des oeufs? D'être juste tolérée, malgré tous les mecs à ses trousses ? Qu'a-t-elle fait de mal pour payer ce prix ?..

 Vers huit heures du soir elle a le pressentiment qu'il ne va pas venir, et à neuf heures elle admet que c'est foutu. Bien entendu, il est injoignable. A 10h elle sort, et va errer sur la Tayelette. Le vendredi soir il n'y a pas un chat dans les rues avant onze heures. Les gens dînent en famille, et ne sortent qu'après. Juliette croise uniquement des arabes de Yafo qui tambourinent sur la carrosserie de leurs caisses pour faire chier, et parce que c'est le seul moment de la semaine où ils peuvent penser que le bord de mer leur appartient. Elle rêve d'une vague géante et implacable ; un tsunami qui l'emporterait, et qu'on en finisse ! Son téléphone tinte mais ce n'est jamais Elias ; juste les rituels «shabbat shalom» des copains de Jéru. Pas un mot d'Elias. Même pas pardon. Salaud. Enfant de salaud. Quelle cruauté ! Elle s'est apprêtée pour lui, avec un bustier en satin et mis de l'ordre dans ses cheveux, comme dit la chanson, pour qu'il jouisse d'elle et en elle, au lieu de quoi il lui pose un lapin. Sa race !

Elle remonte vers Rothschild car, parmi les rares bistrots ouverts le vendredi soir, il y a le Cofix de la rue Lillenblum. Quand les fauchés veulent se bourrer la gueule en low cost il vont là. Tout est à cinq shekels. Whisky, Coca, Vodka ou bière au même prix. C'est plein de russes déjà ivres et haves, les yeux bleus et le blanc des yeux rouge, trois poils sur le menton et les ongles noirs, qui boivent encore et encore juste pour rouler sous la table en grognant, et de jeunes français sans un, cuités pour 30 shekels seulement. Elias pourrait bien trainer par là. Mais elle le manque de peu. Elle tombe sur Yoni, son copain de Jéru qui bouffe du porc avec une kippa sur la tête. Il lui apprend qu'Elias vient de partir, même pas cinq minutes avant : « Il faut que je te parle d'urgence», lui a dit Olga au téléphone. C'est pourquoi il a filé. Mais ça, Yoni ne le sait pas. Il a juste vu Elias se lever d'un bond et disparaitre, comme aspiré hors du Cofix.

Juliette repart, en laissant derrière elle des miettes de son cœur brisé et des trainées de larmes amères. A l'angle de Hertzel, elle croise Manu qui s'est résigné à aller chercher le vélo de Romy à pied, bien qu'il soit minuit ou presque. De toutes façons, le vendredi soir il n'y a pas de bus et très peu de taxis, or il voulait passer d'abord par le DAB de la Banque Léumi à l'angle de la rue Yéhuda Halevy, puis éventuellement essayer de choper un shirout au coin d'Allenby et Rothschild pour filer sur Dizengof, bref il n'est pas rendu et en plus, il n'a pu retirer que 2000 shekels. Malgré l'avance qu'il lui a déjà versée, ça ne fait pas le compte. Alors il redoute la réaction de Romy :

— T'aurais pas mille shekels à me prêter jusqu'à dimanche ? demande-t-il fébrile à Juliette. Enfin, 1200 exactement...

– Pas sur moi, non, répond Juliette d'une voix tremblante, et elle se blottit aussitôt dans les bras de Manu. Il m'a encore trahie, ce salaud ! sanglote-t-elle. J'en peux plus, Manu ! J'en peux plus...

Toujours présent dans les moments les plus poignants de son mélodrame, on dirait que Manu est devenu l'ange gardien attitré de Juliette ; son prophète Elie. Qu'elle l'ait sucé une fois n'a rien changé à leurs rapports. Il ne sera jamais son amant. Son protecteur oui : l'épaule la plus solide et la plus sûre de tout Tel Aviv. C'est tout. Manu l'enlace affectueusement mais, même sans penser au sexe, il bande. C'est sans doute une déformation professionnelle chez lui ; un réflexe conditionné, carrément inconscient, car il est par ailleurs dans un état de grande anxiété par rapport à Romy. Aux quatre cents coups, même ! Pas du tout d'humeur à forniquer. Il redoute tellement qu'elle ne porte plainte !

– Tu peux retirer combien par semaine ? demande-t-il à Juliette, car cette fois, son angoisse à lui prime sur son drame à elle.

– Tu te rends compte qu'il est venu ce matin chez moi par erreur, et juste pour me sauter !.. Ce salaud ! Moi qui mourrais pour lui ! Juste pour me sauter !

– Oui je sais, répond Manu. Il est passé chez moi après. On s'est bien embrouillés, si tu veux savoir...

Ils vont ensemble au DAB de l'agence Léumi, et Juliette lui sort cinq cent shekels. C'est tout ce que lui permet son plafond hebdomadaire. Pas un sou de plus. Ça fera toujours deux mille huit cents en tout, compte tenu de l'avance déjà versée, on n'est plus très loin du compte.

– Tu ne m'en veux pas si je file, là ?

– Mais pourquoi tu files ? Reste encore avec moi, Manu. S'il te plaît, l'implore Juliette...

– Eh ben marche avec moi, je vais essayer de choper un shirout (11) pour Dizengoff...

Elle prend son bras, et ils remontent ensemble par l'allée centrale, jusqu'au suchi Japanika au croisement de Rothschild et Allenby, comme un couple de sortie la veille de shabbat après le dîner familial, en se fondant dans la foule qui se forme déjà:

– T'aurais quand même pu me dire que c'était son chat, Jean-Pierre, lui fait juste remarquer Juliette en traversant.

– J'ai eu un appel d'Amos Kirzenbaum, tu sais chéri...

– C'est qui ? demande Elias.

– Le blogger de Tag Shalom, lui répond Olga.

– A quel sujet ?

– Ben... l'attentat contre toi.

Olga est de permanence ce vendredi soir à H24, et ça fait quand même une drôle d'impression à Elias de la retrouver en tête à tête dans la news-room déserte. On dirait deux survivants d'un naufrage, car lorsque cet open space ne bourdonne pas comme une ruche, il fait penser à un paquebot évacué en toute hâte, avec ses ordinateurs éteints, ses chaises vides et ses lumières blanchâtres. Mais Olga l'a-t-elle appelé juste à ce sujet, ou parce qu'elle commence à le regretter ? Leur conversation à peine entamée est déjà truffée de regards dérobés et de gestes retenus.

– T'es bien sûre qu'il s'appelle Amos Kirzenbaum ? lui demande Elias.

– Ben oui, pourquoi ?

– Parce que Amos Kirzenbaum, c'est le nom du personnage principal de mon roman, et qu'il est aussi membre d'une ONG pro-palestinienne

– … Ça me donne le frisson, souffle-t-elle en se frictionnant le bras…

– Qu'est-ce qu'il te voulait ? s'inquiète Elias, parlant bas.

– A moi rien. C'est à toi qu'il voulait parler, lui répond-elle en croisant les jambes juste sous son nez. Enfin, il cherchait à te joindre et ils me l'ont passé…

– Tu lui as donné mon numéro ?

– Non, je préférais t'en parler d'abord, répond Olga en se penchant vers lui.

– Et donc ?...

Elle pose alors les deux mains sur sa cuisse, comme si les privautés entre eux étaient à nouveau de mise et, les yeux dans les yeux, elle lui dit :

– Eli chéri… Dis moi ce qui s'est passé avec les deux bédouins… Je suis avec toi, tu le sais… Je t'aime, aie confiance….

Bien entendu, il n'en croit pas ses oreilles tellement il a rêvé de ce moment et tellement il n'y croyait plus. A quoi doit-il répondre, d'ailleurs ? A la question sur les bédouins ou à ce «je t'aime» tombé des nues ? Le tout dans la même phrase! Et avec ce regard langoureux comme au premier jour; comme si elle n'avait pas eu aussi ce moment si cruel, en rentrant de Gérardmer ; comme si le retour d'affection promis par tous les marabouts du monde, ça existait vraiment…

– Tu m'aimes?.. répète-t-il incrédule. Comment ça je veux dire je croyais que non quoi et que finalement tout bien réfléchi non comment ça tu m'aimes ?...

– Oui je t'aime et tu me manques, lui confirme Olga. Je me suis trompée de…

– Trompée ! l'interrompt Elias dans un cri. Mais tu te fous de…

– Je suis jeune, voilà, c'est pour ça, se défend-elle. Jeune et conne, pardonne moi quoi.

– Mais j'ai failli mourir bordel mourir pour toi et me tuer même mais demande à Manu j'ai perdu dix kilos merde regarde touche chui plus qu'un squelette juste parce que tu t'es trompée non mais attends

– Pardonne moi chéri j'avais pas compris… Mais si tu veux encore de moi, on… ben on s'en fout on recommence et…

– On s'en fout ?!…

Sans attendre la suite de sa phrase, elle vient s'asseoir à califourchon sur les genoux d'Elias, et dans ce mouvement sa jupe remonte jusqu'en haut des cuisses. Elle l'entoure de ses bras, et se serre contre lui, la bouche enfouie dans la sienne pour une sirupeuse soupe de langues. A part les caméras de surveillance, personne ne les regarde pour la bonne raison qu'il n'y a personne et, si ce n'était l'affaire des deux bédouins qui traine comme la vermine dans sa conscience, ce serait le plus beau jour de la vie d'Elias.

Reste cette troublante et déroutante coïncidence entre l'Amos Kirzenbaum qu'il a imaginé comme dernier juif de Tel Aviv après la disparition de l'Etat d'Israël, blogger pro-palestinien comme celui qui cherche à le joindre ; troublante et déroutante non seulement à cause de leur patronyme commun, mais aussi à cause de ce qui caractérise l'Amos Kirzenbaum qu'il a imaginé. Car c'est un traitre, cet Amos là ; un traitre romanesque, à la solde des ennemis de l'Etat d'Israël ; un traître à son insu, et néanmoins traître, stipendié par de richissimes qataris…. Mais l'Amos Kerzenbaum qui cherche à la joindre ? Est-Ce le même genre de type ?

Olga et Elias quittent les locaux de H24 et vont à pied jusqu'à chez elle sur Dérech Yérushalaïm, pour une nuit blanche de retrouvailles. Il la tient fermement par le bras, et ça c'est concret; pas un songe creux. Pourtant il ne croit toujours pas à cette réalité; à ce retour miraculeux de la bienaimée. Il se dit même qu'elle fait juste un caprice, et que ça a dû la prendre au débotté, parce qu'elle s'emmerdait toute seule dans la news room, mais que dès le lendemain elle le quittera à nouveau. Alors il ne s'emballe pas non plus. Ou plutôt si, il s'emballe sexuellement parlant, mais son cœur reste aux aguets. Les petits mots d'amour que lui chuchote Olga au creux du lit, il n'y répond pas et ce n'est pas faute d'avoir envie d'en chuchoter aussi. Il en a même plein la bouche, des mots comme ça. Ce sont d'ailleurs des cris, plus que des mots ; un mélange assez bizarre de grossièretés et de sanglots qu'il fait bien de ravaler...

Avant de s'endormir, Olga revient encore à la question qui les a rapprochés :

– Eli mon coeur, répond moi cette fois : qu'est-ce qui s'est passé au juste avec les deux bédouins ?...

– Eh ben ils ont essayé de me poignarder, et ça a été filmé par mon I Phone...

– Dis moi pourquoi, mon amour ..., balbutie-t-elle en fermant les yeux, et elle s'endort sans obtenir de réponse, alors qu'Elias reste les yeux ouverts à se demander quel sixième sens a cette fille pour sentir qu'il ne dit pas tout. Peut-il lui dire que, d'une certaine façon, c'est un peu à cause d'elle que tout est arrivé ? Enfin, pas exactement non plus à cause d'elle, mais à cause du bijou qu'il voulait lui offrir; à cause de cette ambition d'amoureux éperdu, et cette envie de donner plus qu'on a à celle qu'on aime. Les blondes et leur réputation de sottise, tsss!.. Celle-ci a l'esprit le plus affuté qu'il ait connu.

Mais il n'arrive pas à s'endormir et parcourt les sites d'informations israéliens pour voir si on parle éventuellement de son affaire. Or ce soir-là les djihadistes ont fait un carnage au

Bataclan, au Stade de France, aux terrasses des cafés, et Paris n'est plus qu'une rivière de sang. 130 morts ou plus. Toute l'attention du monde s'est focalisée sur la France. Sa petite affaire n'est évoquée nulle part, sauf une brève sur le site de Haaretz. Il s'en veut d'être soulagé, évidemment ; mais il est quand même soulagé. La tragédie parisienne le fait tomber dans l'oubli, comme si à quelque chose malheur était bon. En même temps, il prie le ciel pour que Dani, son petit frère qui aime tellement le rock métal, ne soit pas dans le lot des victimes au Bataclan ; pour que son père n'ait pas été au Stade de France ce soir-là voir les Bleus; pour qu'aucun de ses potes n'ait eu la mauvaise idée de s'attabler au Carillon.

CHAPITRE 15

– Tu te présentes avec tes témoins ? persifle Romy, en voyant que Manu est venu accompagné.

– Non non, c'est juste une amie... Juliette voilà Romy... Romy accorde un vague signe de la tête à Juliette et s'empare de la liasse de billets. Elle les recompte le doigt mouillé, mais avant même qu'elle ait fini, Manu précise :

– Il en manque encore un peu, mais je complèterai dès dimanche... J'ai pas pu tirer plus du DAB.

– Dimanche, dernière limite pour liquider cette affaire, le prévient-elle en empochant l'argent, puis elle les raccompagne à la porte et referme derrière eux à double tour sans même un au revoir.

– Ben dis donc ! fait Juliette une fois qu'ils sont dehors. Elle est dure, ton amoureuse Manu ...

– Elle a une vie difficile, c'est pour ça... C'est pas marrant de faire des ménages.

– Heu ! Elle fait vraiment des ménages ? demande Juliette, en prenant le bras de Manu.

– Oui, l'appart est à son père. Elle paie pas de loyer mais il faut qu'elle marne pour gagner quatre sous...

– Je comprends...

Au lieu de passer par la Tayelette pour revenir à Florentine, ils tournent à l'angle de Ben Gourion et remontent la rue Ben Yéhuda, tout en guettant le passage d'un éventuel Shirout N°4 dans leur dos. Mais arrivés au croisement de Frishmann et Ben Yéhuda, ils voient que le Café Mersand est ouvert ce soir-là, alors qu'il ferme toujours la veille de shabbat, donc ils traversent et s'y attablent. Juliette a une bonne descente, mais il lui faut quand même trois verres de Chardonnay avant d'oser poser à Manu la question qui l'obsède :

– Dis moi où il habite au juste, s'il te plaît Manu...

– Qui ça ?....

– Tu sais bien...

– ... En face de chez toi, dans la tour, finit par répondre Manu.

Toutes les situations que peut créer ce voisinage, défilent alors dans son imagination, mais elle ne fait pas le rapprochement entre la brusque irruption d'Elias chez elle le matin même, et ce que vient de lui révéler Manu. Elle croit encore qu'Elias est passé par hasard chercher son courrier. La pire des choses serait de le croiser de bon matin, sortant de chez lui avec quelqu'un, ou le soir, le voir rentrer avec une fille, elle en serait inconsolable ; la meilleure serait de le voir, ne serait-ce que l'apercevoir ou même l'entrapercevoir mais seul, descendre sa poubelle ou aller faire ses courses à l'AMPM ou au Shouk Lewinski, qu'importe pourvu qu'il soit seul. Elle serait si contente ! Là elle irait lui parler ; lui demander des explications. Elle y a droit, même si elle sent bien qu'elle ne compte pas beaucoup pour lui. Elle admet aussi qu'elle a eu tort de vouloir lui imposer sa présence à Tel Aviv. OK c'est un homme un peu sauvage, très jaloux de sa liberté. Une sorte d'artiste. Ou d'individualiste forcené. Certainement pas un mari et encore moins le père possible de ses futurs enfants. Et puis il n'a pas fait l'armée, comme elle. Ce n'est pas un israélien pour de vrai. Il ne sait pas ce que c'est que risquer sa vie à 18 ans, s'endormir crotté et fourbu après une marche de 35 kms lesté d'un sac à dos, avec huit autres conscrits sous une tente minuscule ; partager le peu de nourriture qu'il y a, ou baisser la voix pour qu'une camarade de l'unité puisse parler avec ses parents au téléphone. Ils ont beau avoir été allaités au sein de la même langue, ils n'ont pas la même culture, voilà comment raisonne Juliette pour essayer de contenir le chagrin qui la dévaste. Mais le chagrin est hélas toujours le plus fort. Il résiste à la raison et à l'analyse. La raison aide un peu mais c'est juste une béquille, pas un remède.

Troisième grande histoire de sa vie, et troisième foirade. Encore un homme qui ne veut pas d'elle, alors que tant d'hommes se trainent à ses pieds :

– Eh ben peut-être que je suis maudite, c'est la vie ! soupire-t-elle tout à trac et, même sans avoir suivi le cheminement de sa pensée, Manu répond :

– Mais non, dis pas de conneries !..

Drôle de shabbat, sans rompre le pain ni bénir le vin, juste en buvant un coup de blanc sec dans la mélancolie de cette nuit venteuse à Tel Aviv, tandis que Paris compte ses morts. Sur Facebook, les drapeaux tricolores commencent à couvrir toutes les photos de profil, et le fameux «Je suis Paris» prolifère sur les réseaux. Mais Juliette a la tête ailleurs. Elle n'est même pas au courant des attentats à Paris. Dès le lendemain au réveil, elle commence à guetter les allées-venues dans l'immeuble d'Elias. Les trois premières heures, son œil fixe ne quitte pas le battement régulier de la porte d'entrée qui déverse son lot de fidèles avec taliths sur les épaules, ses chalalas à Ray Ban cerclées, les filles tatouées et les mecs en tongs malgré la fraîcheur, les familles de bobos telaviviens avec leurs chères têtes blondes et leur chien. Ça contient tant et tant de gens, une tour comme ça...

Assise à son petit balcon, Juliette n'en perd pas une miette mais elle se sent muter en caméra de surveillance à visage humain, n'osant même pas aller faire pipi de peur de rater Elias. Sa patience est finalement récompensée en milieu d'après-midi, quand il arrive enfin... avec Olga. C'est donc elle, la fille dont il est fou ! Une blonde, comme elle mais plus grande et plus indolente. Une gosse de riche, ça se voit à sa démarche. Ils étaient pourtant séparés, d'après ce que lui a dit Manu. Alors ils ont repris ! Ou bien c'en est une autre... Elle a envie de crier son nom, juste pour le faire flipper. Mais rien ne sort de sa gorge. Non, décidément, elle n'est pas encore prête à le voir passer sans en avoir le cœur brisé. Passer avec une autre, en plus ! Comment supporter ça ?...

CHAPITRE 16

Le lendemain c'est dimanche, premier jour ouvrable de la semaine, et la presse ne parle que des attentats de Paris. D'Israel Hayom à Haaretz, la quasi totalité de la pagination y est consacrée. La Terre Promise a les larmes aux yeux, et la sidération règne dans tout Tel Aviv. Malgré le regard souvent malveillant des français sur leur pays, les israéliens ont un faible pour la France, cette amie si infidèle. Et ils tremblent pour elle, comme s'ils la savaient trop fragile ou trop candide pour survivre à de telles épreuves. Après Charlie, le Bataclan, comment l'amie France va-t-elle s'en sortir, si elle persiste dans sa culpabilité coloniale à l'égard des Arabes ? se demande même un éditorialiste de Yédihot Aharonot.

Ce matin-là, avant de se rendre à H24, Elias et Olga créent un groupe sur WhatsApp pour officialiser leur relation. Comme ça au moins, plus besoin de contrôler leurs gestes ni faire de cachotteries, et ils passent une grande partie de la matinée à remercier les collègues qui viennent les féliciter. Le shabbat férié a permis aux gens de reprendre un peu leurs esprits après les attentats de l'avant-veille et, même si on en parle encore beaucoup ce matin-là, un clou chassant l'autre, la grande nouvelle du jour c'est quand même l'officialisation du couple Olga/Elias. Danielle

Godmiche les serre tous deux dans ses bras, en leur proposant déjà d'être leur témoin de mariage et elle a même ce cri du coeur : « vous êtes trop faits l'un pour l'autre, je le savais, c'est juste pas croyable ! »…

Chacun y va ainsi de son petit compliment, son petit souhait, son vœu et même sa bénédiction, malgré les pincements au cœur et les regrets inévitables de ceux et celles qui se seraient bien vus à la place d'Olga ou d'Elias. Mais pour que cette nouvelle situation ne perturbe pas trop le fonctionnement de la news room, Marcel installe les tourtereaux aux deux extrémités de la pièce. Ensuite, au boulot ! Et les attentats de Paris redeviennent le sujet brûlant de la journée.

Juste avant déjeuner, Elias reçoit un coup de téléphone d'Ilan, l'officier golani(7) de Nahal Oz, qui lui annonce que le Shaback(8) a longuement interrogé les deux bédouins et en a conclu qu'il ne s'agit pas d'un acte terroriste. L'affaire va donc être requalifiée en affaire criminelle et les deux gars confiés à la police…

– Qu'est-ce que ça change pour moi ? demande Elias inquiet.

– Eh ben c'est une autre procédure judiciaire, et tu vas être entendu aussi. Donc voilà quoi… Je voulais juste te prévenir.

De son poste de travail à l'autre bout de la news-room, Olga voit Elias devenir blême et elle devine confusément qu'il a dû apprendre quelque chose de grave, espérons juste que ce ne soit pas une mauvaise nouvelle de Paris. Elle va s'en assurer mais, la sentant approcher, Elias opère en une fraction de seconde un spectaculaire changement d'humeur, une révolution intérieure à la vitesse V, et relève la tête avec un merveilleux sourire d'amoureux sur les lèvres. Olga renonce aussitôt à le questionner. Déjà la veille elle a encore essayé de savoir ce qui s'est vraiment passé avec les deux bédouins sur la dune, et il a fini par s'impatienter. Pas la peine de remettre ça. S'il sourit c'est que tout va bien.

Quand même, Olga garde l'intime conviction qu'il ne lui a pas dit toute la vérité. Comment faire pour le mettre totalement en confiance ? Elle aimerait tellement être auprès de lui quelle que soit l'adversité ; unis comme les doigts de la main. D'un autre côté, il a un insatiable besoin de liberté et elle sait qu'il y a là une limite à leur fol amour.

En fin de journée Elias retrouve Manu au Florentine 10, et ils se réconcilient.

– On oublie tout, OK ? propose Elias.

– OK on oublie tout ! admet Manu.

– Mais je suis quand même sur le cul que tu l'aies hébergée 15 jours sans me le dire !

– Oui ben écoute elle m'a fait de la peine….

– Non mais je rêve ! Imagine que j'héberge ton ex en cachette !.. s'écrie Elias, prêt à remettre ça. Diabolo les rejoint à temps pour éviter que la dispute ne reprenne, et ils commandent une bouteille de Merlot :

– J'ai une bonne et une mauvaise nouvelle, annonce alors Elias.

– D'abord la bonne, fait Diabolo.

– J'ai renoué avec Olga et on va… enfin on va certainement se marier.

– Mazel Tov ! dit Manu.

– Sympa ! fait Diabolo.

– Mais je m'avance un peu… En fait j'en sais rien. On avisera… Je suis pas prêt…

– Et la mauvaise ? s'inquiète Diabolo.

– Le Shabak dit que c'est pas un attentat terroriste, mon affaire. Donc ils ont refilé le dossier aux flics…

– Il te faut un avocat, j'appelle Jérémie Azencot ! fait Diabolo.

Il s'éloigne pour discuter de l'affaire au téléphone, tandis que Yoni vient s'asseoir à la table voisine avec sa kippa sur la tête et son Mac sous le bras. Elias le présente à Manu et lui sert un verre de Merlot, mais Yoni ne fait pas les frais de la conversation. Il dit juste à Elias qu'il a croisé Juliette l'avant-veille au Cofix, qu'elle le cherchait comme une folle et Elias fait oui oui agacé, puis Yoni se concentre sur son écran. En se penchant discrètement sur l'ordinateur, Manu voit que Yoni a ouvert une page intitulée « Un euro pour le zoo de Gaza », et il hausse les sourcils :

– Tu travailles pour la SPA ou quoi ? lui demande-t-il rigolard.

– Non j'ai besoin d'argent, rétorque Yoni.

– C'est quoi ? dit Elias.

– Une collecte pour les ouistitis, fait Yoni en lui montrant la page qu'il a conçue.

Le fou rire les prend. Avec internet rien ne ressemble plus à une bonne œuvre qu'une grosse arnaque. Mais celle-ci a un potentiel comique indéniable, à sa façon de tourner en dérision l'angélisme des bonnes âmes :

– Ça va rapporter gros ! lui prédit Manu.

– J'ai juste besoin de 30.000 boules, répond Yoni.

Diabolo revient alors avec le message de son avocat à Elias: «C'est pas sûr que tu sois convoqué, mais s'ils te convoquent, Jérémie t'accompagnera. Tu peux l'appeler demain ».

Dina Laziza les rejoint ensuite avec sa chienne, toujours inséparables, puis arrive Maïa la petite amie de Yoni, puis Danielle Godmiche et le cercle ne cesse de s'agrandir :

– C'est Manu, tu sais l'ami dont je t'ai parlé, dit Elias à Danielle Godmiche.

– Ah oui Manu Goffredo ! fait-elle. J'ai trop d'admiration pour les acteurs pornos...

– C'est une blague ou quoi ? grommelle Manu tout renfrogné.

– Mais non ! proteste Danielle, je trouve qu'ils ont un détachement incroyable...

Juliette passe alors devant la terrasse du Flo 10, et les conversations deviennent aussitôt évasives en attendant de voir si elle va se joindre à eux. Juliette elle-même hésite un instant, mais finit par venir crânement s'asseoir face à Elias, légèrement en diagonale, à côté de Maïa. C'est sa copine, elles se sont connues à Jérusalem, et elles se mettent aussitôt à papoter comme si de rien n'était. Manu ne sait pas s'il doit faire la bise à Juliette ou préserver sa réconciliation récente avec Elias en l'ignorant, tandis que Diabolo qui ne connaît Juliette qu'en photo plonge le nez dans sa messagerie. Entre deux silences, rien que des messes basses. La gêne ne retombe pas. Seule Danielle Godmiche qui n'est pas au courant de la situation, se demande ce qu'ils ont tous à baisser soudain la voix : cette blonde serait-elle une star, pour intimider tout le monde à ce point ?

– J'aime beaucoup ce que vous faites, dit-elle à tout hasard à Juliette dans un grand sourire, et Juliette la regarde perplexe, avec des yeux tout ronds....

Quant à Elias, il a juste envie de fracasser la bouteille de Merlot, et ne se contient qu'en regardant fixement le radiateur qui rougeoie au-dessus de leur table. Va-t-elle seulement le lâcher un jour ? Aller au Diable ? Ou juste aller se faire foutre ? S'il n'est pas retourné la voir vendredi soir, il a ses raisons et elles sont plus impérieuses que le chagrin qu'il lui a causé. Aurait-il dû renoncer à l'amour de sa vie pour une histoire sans importance ? Et d'ailleurs, reprendre son appart rue Lewinski, c'est quoi ce plan-là sinon du harcèlement ? Toujours cette même façon poisseuse de le coller, le suivre à la trace et le poursuivre comme son ombre !

Au bout de deux ou trois minutes de bouillonnement intérieur, il quitte brusquement la terrasse du Flo 10 et s'en va sans même dire au revoir : « je t'envoie le numéro d'Azencot », lui lance Diabolo au passage, et une fois qu'il est parti, la tablée retrouve un peu de légèreté. Juliette demande alors à Manu s'il a été chercher le vélo chez Romy, ce qui alerte Diabolo :

– Quel vélo ? fait-il, riant déjà sous cape.

– Bah… le vélo du fils de Romy, avoue Manu honteux.

– Elle t'a filé son vélo ? insiste Diabolo narquois.

– Au fait, vous vous connaissiez pas encore tous les deux, dit Manu en lui présentant Juliette pour détourner la conversation.

– Grace à toi Juliette, IBN a totalisé 100.000 vues le même jour, lui apprend Diabolo.

– Eh ben je suis ravie pour toi, lui répond aimablement Juliette, mais j'aurais préféré que le terroriste choisisse quelqu'un d'autre…

– Alors Manu, revenons à nos moutons, le vélo, elle te l'a filé ? demande Diabolo pince sans rire.

– Mais non, pourquoi elle me le filerait ? se défend Manu.

– … Tu lui as acheté quel prix ?

– 2.000… Enfin 2500.

– C'est pas 3500 ? dit Juliette gaffeuse.

– Ah ah ah ! s'esclaffe Diabolo. 3500 boules, le vieux clou… C'est qu'elle est gourmande, Romy !…

– Tiens, voilà tes 500 balles, rétorque Manu agacé en tendant à Juliette cinq billets de 100 shekels.

En rentrant rue Lewinski, Juliette se demande combien de temps s'est écoulé entre le moment où elle est arrivée au Florentine 10 et le moment où Elias a quitté la table. Un quart d'heure ? Une heure ? Ça a été un moment tellement intense, qu'elle a bien cru s'évanouir. Mais elle y a perdu la notion du temps, vu qu'Elias n'est pas resté plus de trois minutes en sa présence. Elle se souvient juste qu'elle ne comprenait rien de ce que lui disait Maïa, la fiancée de Yoni, et que son cœur tambourinait dans sa poitrine assez fort pour lui donner l'impression que tout le monde l'entendait battre. Maintenant elle se sent plutôt fière d'avoir affronté cette situation sans reculer ni fuir. En sera-t-elle à nouveau capable ? Là, elle manque d'énergie ; comme si elle avait laissé toutes ses forces dans ce face à face avec Elias. Elle voudrait juste dormir. Mais sa mère l'attend devant sa porte.

– Oh maman pardonne moi, je t'ai complètement zappée…

– C'est gentil…

– Non mais c'est parce que tu sais à cause de… j'ai été retenue à la galerie par heu tu sais enfin l'inventaire.

– T'en fais pas chérie, je viens d'arriver, l'interrompt Sandrine.

Juliette ouvre la porte, et sa maman découvre le petit studio qu'elle habite désormais rue Lewinski à Tel Aviv :

– C'est drôlement mignon, ma foi !

– Tu trouves ?

– A part que t'étais quand même mieux logée à Jéru…

– J'ai un petit balcon t'as vu ?... Jean-Pierre ! crie Juliette, et le minou surgit d'on ne sait où. Elle le prend dans ses bras et le présente à Sandrine qui n'en revient pas.

– C'est donc un chat, Jean-Pierre ?...

– Ça peut pas être un homme vu qu'aucun homme ne veut de moi...

– Qu'est-ce que tu me racontes là, chérie...

– Je suis crevée m'man; ça t'ennuie pas si je me couche?...

– Sans dîner ?..

– J'ai pas envie...

– Couche toi mon coeur, je vais lire....

Sandrine s'installe sur la banquette, tandis que Juliette se couche toute habillée, sans se démaquiller ni se brosser les dents. Sa mère évite de le lui faire remarquer, et se plonge dans les mémoires du Père de Foucauld, lui aussi prêtre et néanmoins homme à femmes, du moins avant d'entrer dans les ordres, un peu comme Victor quoi... Seulement, Juliette a beau se tourner et se retourner, elle ne trouve pas le sommeil. Elle finit par rallumer sa lampe de chevet :

– Tu ne dors pas ?

– Ben non, je suis trop fatiguée, répond elle à Sandrine en se relevant. Elle va se démaquiller, et se brosser les dents. Ensuite elle se déshabille et enfile un pyjama.

– Tu lis quoi, mm'an ? demande-t-elle distraitement en retournant se coucher.

– Les mémoires du Père de Foucauld...

– Encore un curé !.. soupire Juliette.

– C'est très intéressant tu sais....

– Allez bonne nuit, m'man.

– Bonne nuit chérie.

Juliette éteint et se tourne vers le mur, tandis que Sandrine repointe sa lampe-stylo sur l'ouvrage et reprend sa lecture. Mais elle sent que Juliette ne dort pas vraiment, ce qui l'empêche de se concentrer. Pourquoi ne dort-elle pas, sa fille chérie ? Qu'est-ce qui la tourmente tant ? Elle aimerait tellement être une petite souris, parfois !... Voir tout ce qui se passe dans sa vie et comprendre ce qui la fait tant souffrir... Il n'y a pas une minute où elle ne pense à Juliette. Si seulement elle pouvait lui ôter des épaules le poids de cette filiation absurde !.. Car au fond, elle sait bien ce qui la fait tant souffrir. Fille d'un curé, dieu me pardonne... Et encore, jamais Moshé, son ex-mari, n'a fait la différence entre les trois gosses ! Il a donné autant à Mathilde et Assaf qu'à Juliette. Pas un iota de préférence. Quel grand homme ! Les ragots n'ont pourtant pas manqué, pendant toute sa grossesse. De bonnes âmes ont mouchardé, même par écrit. Brave Moshé, qui jetait tous ces courriers à la poubelle ! Et jamais la moindre allusion au corbeau. Pas comme Victor. Grand homme peut-être lui aussi, mais pas toujours charitable ! Lorsque Juliette a eu cinq ans, Sandrine a voulu que le prêtre voit au moins l'adorable enfant qu'il lui avait fait. Mais il avait détourné la tête. Une autre fois, par hasard ils s'étaient rencontrés dans l'autobus à Jérusalem, et il avait filé pareillement...

Etre la fille d'un homme qui ne désire pas être votre père, qui ne veut même pas savoir quelle tête vous avez, quel vilain cadeau de la vie ! Ah comme elle aimerait avoir le courage de lui dire la vérité ! Qui sait si ça ne l'aiderait pas ? Une si belle fille, qui ne tombe que sur des hommes égoïstes, exactement comme Victor, ça laisse songeur, non ? Cette fatalité... Mais chaque fois qu'elle se lance, Sandrine recule. Au dernier moment, elle se dit à quoi bon ? Elle n'a tout simplement pas le courage de lui avouer la vérité. Pourtant, l'occasion idéale se présente et elle se doit d'en profiter. En effet, Victor Boussagol s'étant éteint trois jours avant, à l'âge de 81 ans, n'est-il pas temps de passer aux aveux ? De rompre ce long silence ? Elle est même venue pour ça à Tel Aviv, Sandrine. Pour essayer de le dire enfin ! Annoncer à Juliette que son père bio est mort. Eh bien rien à faire, elle n'y arrive pas. Pétrifiée dans sa culpabilité. Mort ou vif, Victor décide toujours de ce qu'elle est en droit d'exprimer et ce qu'elle doit taire... Elle ignore juste que, depuis toute petite, Juliette a entendu mille fois cette vérité. A l'école ou dans la famille de Sandrine, les allusions n'ont pas manqué. Elle sait qui est Victor Boussagol, et quelle tête il a. Sandrine se tourmente pour rien. Ou bien elle se tourmente trop tard.

CHAPITRE 17

Elias se rend sans avocat à la convocation de la police pour essayer de dédramatiser la situation, et il y va en autobus. Deux heures de route séparent Tel Aviv de Nétivot, cette petite ville du Néguev située à cinq ou six kilomètres de Gaza et, si ce n'est pas non plus au bout du monde à gauche, quand on doit y aller la journée y passe. Malgré les quantités de missiles qu'elle a reçu du Hamas, Nétivot reste un coin à la fois tranquille et étrange, où l'on rencontre parfois des transsexuels très réussis, chirurgicalement parlant. Elias y a connu une certaine Lévana, belle blonde à la voix d'ogre, très gentille et ultra féminine, qui ne faisait pas toujours payer la gâterie. Un vrai sujet de film israélien, le cas Lévana : née dans un corps d'homme, mais également dans une famille ultraorthodoxe qui crie au démon quand elle décide de changer de sexe, Lévana est quand même devenue femme et ses sept frères s'y sont faits, vu qu'elle les entretient financièrement tandis qu'ils se tournent les pouces en prétendant étudier la Thora...

Pour que son absence ne fasse pas de vagues à H24, Elias se fait porter pâle, sauf qu'à Olga il est bien obligé d'avouer qu'il doit aller chez les flics de Nétivot, et là, elle fronce les sourcils très ombrageuse :

– Pourquoi les flics ? demande-t-elle d'abord. C'est un attentat, pas un crime.

– Le Shabback a requalifié l'attentat en affaire criminelle, répond Elias évasivement.

– Pourquoi tu me l'as pas dit ?

– Oh pour rien, pour pas t'inquiéter.

– Eli chéri, aie confiance en moi, s'il te plaît, lui répète-t-elle en l'entourant de ses bras. Raconte moi ce qui s'est vraiment passé. Tu peux pas me laisser en dehors. Je suis ta femme….

Mais il ne lui cède toujours pas, fermement évasif :

– Ils ont voulu m'égorger, ne l'oublie pas…

– Mais tu vois bien que le Shabbak ne croit pas à l'attentat…

– Eh alors ? réplique Elias. Il y a quand même une tentative de meurtre, non ?

– Oui mais pourquoi ? Pourquoi ces types ont voulu te tuer ?

– Pour me piquer la bagnole, c'est tout. Pourquoi chercher midi à quatorze heures ?

Un autre malaise grandit entre eux, au sujet du bracelet qu'il a voulu lui offrir à son retour de Gérardmer, et dont il n'a plus reparlé. Olga n'ose pas le réclamer, bien entendu. Elle est trop délicate pour ça. Mais quand même… Pourquoi ne le lui offre-t-il pas à nouveau ? Eh bien pour ne pas reconnaître que c'est justement à cause de ce satané bijou que tout est arrivé. Elias est peu ou prou convaincu que ça lui a porté malheur. Bien mal acquis, objet maléfique, mistigri, n'importe, il doit le refiler, le revendre ou le fourguer, tout sauf le ré-offrir à Olga pour conjurer le sort. Il aime tellement cette fille !.. Si elle le quittait à nouveau il se suiciderait pour de bon cette fois…

– Tu connais les deux individus qui ont tenté de t'assassiner ? lui demande sans détour le policier de Nétivot.

– Jamais vus, répond Elias.

– Eux, ils disent te connaître...

– D'où ?

– Ils disent que tu leur as vendu une voiture, et que tu es revenu la leur reprendre en pleine nuit...

– Quelle voiture ?

– Le 4X4 que tu avais en arrivant sur la dune artificielle...

– N'importe quoi. Cette voiture est toujours chez H24...

– Comprend bien ce que je te demande : est-ce que tu leur as vendu puis repris cette voiture ?

– Mais non. J'ai jamais vendu de voiture à personne...

– C'est pas ça que je te demande... Ma question, écoute bien, la voici : est-ce que tu leur as vendu cette voiture ? Réponds moi déjà à ça.

– Ben non.

– Donc tu n'as pas pu la leur reprendre ?

– C'est logique.

– OK, alors je te libère... Mais je vais devoir vérifier ton emploi du temps. Tu étais où, la nuit du vol ? demande perfidement le flic.

– C'était quand ? fait Elias, flairant le piège.

– La nuit du 4 au 5 novembre...

Elias regarde son emploi du temps dans son téléphone et répond :

– Chez moi.

– Tu as des témoins ?

– Non. Le 4 je suis rentré à Tel Aviv vers 20h, et je suis repassé à la chaine le lendemain parce que justement la voiture avait un problème...

– Quel problème ?

– J'y connais rien en mécanique, mais le moteur avait des ratés, donc je l'ai rapportée au garage de la chaîne.

– OK, tu veux bien signer là, merci yalla tu peux y aller...

L'interrogatoire n'a pas duré cinq minutes en tout, et pourtant Elias en ressort lessivé, certain que la vérité ne va pas tarder à éclore. A exploser, même. Non pas que les flics aient la possibilité de le confondre, mais sa mauvaise conscience est à bout de souffle. Arrivé à l'arrêt de bus, il fait demi-tour et repart en direction du commissariat pour tout avouer. Soudain il n'a plus envie de supporter ce dilemme, ce tourment, toute cette merde. Marre de cette histoire ! Résigné à faire trois ou quatre mois de préventive, il espère juste qu'avec un bon avocat il retrouvera vite la liberté conditionnelle. Ensuite il y aura un procès, et ensuite qui sait ?.. Probablement du sursis puisqu'il n'a jamais été condamné et que les deux bédouins ont quand même essayé de l'égorger. Bien sûr il perdra aussi son job. Pas grave non plus. Mais Olga ? Comment le prendra-t-elle ? Le soutiendra-t-elle ? Resteront-ils amoureux ? Elias admire secrètement les femmes de voyous ; les plus fidèles qui soient ; les plus amoureuses, justement. Olga est si jeune, elle. Si bourge aussi. Pas femme de voyou pour deux sous. Enfin, c'est ce qu'il imagine.

A l'idée de la perdre une nouvelle fois, il est pris de nausées et rend tout son petit déjeuner au pied d'un arbre. Quelques passants s'arrêtent pour lui demander s'il n'a pas besoin d'aide, mais il leur fait signe que ça va et il reste indécis près de son vomis à se dire merde je vais quand même pas aller en taule et perdre à nouveau Olga ! Dormir à la belle étoile, gagner une misère, manquer de tout, pas de problème. La taule, non ! Jamais ! Tout mais pas la prison. Il préfère encore avoir la conscience malheureuse 24h sur 24. Alors il repart dans l'autre sens, et attrape au vol le bus de Tel Aviv. S'il faut vraiment que la vérité éclate, qu'elle éclate ! Mais sans lui...

De retour en ville, il se rend à pied au Kerem, sans même avertir Diabolo de sa visite, pour lui dire que désormais il vaudra mieux ne plus être vus ensemble. Eviter aussi de se téléphoner. Couper tous les liens en fait. Ne plus traîner en bande. Mais ça fait doucement rigoler Diabo :

– Oh tu sais, le placard, je connais. J'irai à ta place, allez je te fais un Nespresso...

– Je veux pas de Nespresso !... réplique Elias. Toi tu t'en fous peut-être mais moi ça m'horripile les flics, les juges et tout ces trucs là. Je te laisse, et ne m'appelle plus, s'il te plaît Diabo... Plus jamais jusqu'à la fin de l'affaire ! Ciao.

En repartant, il croise Dina Laziza qui sort de sa chambre pieds nus en soutif noir et jogging assorti, toujours en jet lag dirait-on, et il s'arrête pour la contempler. Encore plus belle en vrai qu'en photo, Dina. Musculeuse, avec une peau comme satinée, svelte et gracile, les yeux verts en amande, bref une merveille. Elle lui sourit furtivement et va se préparer un café à la machine. Diabolo approche d'elle en taulier, nonchalant mais possessif, et lui fait un bisou dans le cou très appuyé. Elle lui sourit gentiment mais en le regardant de telle façon, qu'il n'insiste pas. Puis il raccompagne Elias en bas de l'immeuble :

– Ça y est hein, Dina et moi c'est fait, prétend-il ensuite.

– Ah très bien, mazel tov... Elle est très belle.

– Ouai, elle est dingue de moi, ce qui ne gâche rien, rajoute Diabolo fier à bras.

– Tu ne me passes plus un seul coup de téléphone, on est bien d'accord ? lui rappelle Elias.

– Comme tu veux frérot, soupire le gros. Mais tu vas me manquer. Fais moi passer des messages par Jérémie, mon avocat...

– OK ça marche...

– Ou par Manu...

– Et la batterie ? Elle est où ? demande justement Manu à Romy.

– On me l'a volée, voilà le problème, répond Romy sans se démonter.

– Oui mais enfin bon, un vélo électrique sans batterie, ça m'intéresse pas, quoi...

– T'as qu'à en acheter une autre...

– Tu rigoles, c'est au moins 2000 shekels une batterie...

– Oh ! arrête un peu de te plaindre, tu me saoules !!!

– Je ne me plains pas, j'en veux pour mon argent c'est tout...

– J'en ai marre de toi ! Je te supporte plus ! s'écrie-telle en le plantant au milieu du salon avec le vélo, et elle va s'enfermer dans sa chambre en claquant la porte.

Impressionné par ce nouvel éclat de Romy, le pauvre Manu repart en pédalant sans demander son reste ; à la seule force du jarret. Quelle arnaqueuse ! Quelle voleuse ! Comment peut-il en rester éperdument amoureux ? Elle est si odieuse... Et il pédale langue pendante en dodelinant de la tête, car sans batterie, un vélo électrique c'est juste un poids mort, jusque chez le marchand de cycles qui se trouve à l'angle de Ben Yéhuda et Arlozorov.

– En combien de fois tu veux payer ? lui demande le gars.

– Dix fois, c'est possible ?

– Tout est possible en Israël, répond le marchand tout sourire en prenant sa carte de crédit. Mais tu as un bon antivol ?

– Non tiens, elle me l'a pas donné, avoue Manu.

– Sans antivol tu vas te le faire piquer à tous les coups...

– Ah oui ?

– C'est sûr. Prend ce Kriptonite. C'est le plus solide, tu verras...

– Mais il coûte combien ?

– Quatre cents quatre vingt shekels...

Heureusement que le vélo électrique procure cette sensation de liberté et cette griserie, parce qu'autrement, c'est une ruine. Enfin, quand c'est Romy qui vend oui ça coûte les yeux de la tête. A propos d'yeux, les ophtalmos de l'Hôpital Hikhilov lui ont enfin retiré son pansement. Manu porte à présent des lunettes aux verres fumés. Mais il ne voit pas grand-chose avec l'œil endommagé. Juste des mouvements ; des ombres mouvantes. Et conduire d'un seul œil n'est pas chose aisée. Six mille shekels en tout, ce vieux clou, c'est quand même écœurant non ? Avec deux pneus lisses, en plus ! Il n'avait pas remarqué cette dernière perfidie de Romy. Elle l'a vraiment roulé dans la farine.

Mais aurait-il pu refuser ? Il a si peur qu'elle ne porte plainte... Elle le tient, c'est effroyable.

CHAPITRE 18

Elias rentre se reposer et, en attendant Olga, il s'allonge sur le canapé les yeux mi-clos. Le téléphone sonne au moment où il s'endort. Elias se redresse brusquement. Il ne connaît pas le numéro qui s'affiche, mais il décroche. Peur que les flics de Nétivot ne rappellent déjà :

– Dans ton affaire, je crois à la thèse criminelle, lui annonce d'emblée Amos Kerzenbaum, le blogger de Tag Chalom, homonyme du personnage principal de son roman en cours.

– Les flics aussi…

– Oui mais d'après moi, c'est toi le fautif.

– Comment ça ?

– Tu leur as vendu la bagnole et tu as été la leur piquer dans la nuit.

– … Tu as accès au dossier ou quoi ?

– Non non oui enfin non oui ça me regarde…

– Ça ne te regarde pas tant que ça, et il y a déjà la police qui enquête… Tu devrais plutôt attendre qu'ils aient fini, lui conseille calmement Elias.

– …. Deuxième question : pourquoi sur H24 ils n'en n'ont pas parlé ?

– Si si, ils en ont parlé.

– Non, pas en headline…

– Je peux te donner le numéro du rédacteur en chef si tu veux. Demande lui pourquoi…

– OK, je vais voir ça…

C'est tout pour cette fois. Pas mécontent d'avoir gardé son sang froid, Elias se relève et va se verser un verre de Merlot. C'est d'ailleurs la première fois depuis que l'affaire a démarré qu'il se trouve plutôt bien dans une situation pourtant délicate ; bonne maitrise de soi et contrôle de ses émotions. Car le Kirzenbaum réel, comme celui de son roman, il ne peut pas le piffer. C'est peut-être pour ça que son livre n'avance pas beaucoup. Rien n'est plus difficile en effet, qu'écrire sur un personnage qu'on n'aime pas. En tous cas, il ne lui a pas montré sa détestation pendant cette conversation téléphonique, c'est déjà ça. Pas la moindre agressivité ni parano.

Une certaine sérénité l'envahit, ou plutôt un certain fatalisme, et il se met à siffloter. Mais il voit que Juliette l'observe fixement depuis son propre balcon, en contrebas, alors le tourment recommence. Celle là !... Quand va-t-elle le lâcher, bon sang ? Sera-t-il obligé de déménager encore une fois, pour ne plus l'avoir sur le râble ? Le téléphone sonne à nouveau :

– Les flics de Nétivot m'ont appelé, Elias… Tu aurais pu me dire que le Shaback avait requalifié…

– Comme quoi j'ai eu raison de pas en faire tout un foin! On aurait eu l'air fin, à prétendre que c'était un attentat, tiens…

– Oui mais enfin, ils m'ont posé des questions embarrassantes sur l'heure à laquelle tu as rapporté la voiture…

— Pourquoi embarrassantes ? Je suis rentré le soir comme dab, et j'ai rapporté la voiture au planning véhicule le lendemain, vu qu'elle avait des ratés...

— Oui mais qu'est-ce que t'as fait avec la voiture dans la soirée ? demande Marcel.

— Qu'est-ce que tu veux que j'en fasse ? Elle est restée dans mon box en bas...

— D'habitude tu la rapportes au garage...

— Mais non, je la garde toujours dans mon box...

— Bon OK... Tu étais donc chez les flics à Nétivot, aujourd'hui ?

— Oui ...

— Alors t'étais pas malade...

— Si, j'étais malade mais j'y ai été quand même. J'ai même gerbé dans la rue...

— Et ça va mieux ?

— Je me repose...

— Tu penses venir demain ?

— J'espère...

Là aussi c'était chaud, et pourtant Elias est resté maître de ses nerfs. Il n'a pas élevé la voix, ni cédé à la panique avec son rédac-chef. Au fond, cette situation devient vraiment édifiante. Elle lui apprend à ne pas être esclave de ses pulsions, de sa violence intrinsèque. Elle l'aide à sortir de son adolescence attardée dans un contexte pourtant menaçant. Son intelligence fait le reste. Il suffit de couper le lien avec Diabolo pour que sa version des faits tienne debout. Au pire, même si le lien entre eux est finalement établi, on ne pourra pas l'accuser et de leur avoir vendu la voiture, et de la leur avoir volée. Il faudra choisir l'un ou l'autre de ces reproches. Les bédouins seront bien obligés de reconnaître que ce n'est pas le même homme qui leur a vendu la voiture et qui la leur a volée. Bien sûr si l'enquête va de l'avant, on découvrira qu'il y a complicité entre Diabolo et lui. Mais ne vaut-il pas mieux être deux que tout seul sur le banc d'infâmie, en cas d'incrimination ?

Si seulement c'était juste une question de logique ! Hélas, ces deux types risquent de payer cher, et sa culpabilité à leur égard ne s'est toujours pas dissipée. Au contraire. Et il ne trouve toujours pas le moyen de les innocenter sans se condamner en même temps.

Manu l'appelle à son tour pour lui proposer une chicha et ils se retrouvent à Yafo. Ils repartent pourtant de la chicha sans même avoir tiré une taf parce que Diabolo s'y trouve aussi avec Dina devant un narguilé, alors ils vont au Par Derrière, qui a déménagé de la rue King Georges pour se réinstaller dans un décor d'hacienda juste en face de chez Olga. Celle-ci les y rejoint une heure plus tard, et ils dînent tous les trois là-bas. La nouvelle carte du Par Derrière est encore plus alléchante que l'ancienne, avec notamment des raviolis aux truffes qui laissent pantois, tandis que la carte des vins propose un Saint-Estèphe à 100 shekels le verre qui ne se refuse pas, parce que la bouteille à 600 shekels, avec un salaire israélien, on peut toujours en rêver…

– Remarque, quand on s'est fait refiler un vélo d'occase à six mille boules…, note Manu pour relativiser le prix du pinard.

– Six mille ! frémit Elias.

– Bah oui, ajoute au prix initial : une batterie, deux pneus et un Kriptonite, fais le compte…

– Pauv' Manu, elle t'a épongé !

Olga leur fait alors remarquer que l'arnaque au sujet d'un véhicule est le point commun à leurs deux affaires, et Elias ouvre de grands yeux :

– Pourquoi tu dis ça, mon cœur ? La mienne c'est une tentative d'assassinat. Pourquoi tu parles d'arnaque ?

– Parce que..., commence à dire Olga hésitante, parce que j'ai beau y réfléchir toute la journée, si ce ne sont pas des terroristes, je ne vois pas pourquoi ces deux bédouins voudraient t'assassiner si tu ne les as pas arnaqués...

Ils se regardent en silence comme s'ils n'étaient plus amoureux fous; comme si le reste de leurs deux vies n'était pas engagé ensemble pour le pire et le meilleur devant toute la newsroom, alors que Manu ne sait plus où regarder, lui. Il se lève très gêné en marmonnant « excusez moi je vais encore pisser, ça doit être ma prostate » , pour les laisser seuls à seuls régler ce début de drame, et Olga prend la main d'Elias dans la sienne:

– Chéri, je suis avec toi, lui dit-elle une nouvelle fois. Fais moi confiance, s'il te plait. Crois en nous. On va s'en sortir. On va trouver une solution ….

– Mais tu me parles comme cet enculé de Kirzenbaum ! Comment c'est possible ? gronde Elias.

– Laisse moi m'occuper de ce mec, fait-elle. Je vais l'emplafonner, je te le jure. Je le mettrai KO et je le sortirai les pieds devant. Arrête juste de me mentir à moi. S'il te plaît, mon cœur...

D'où lui vient un tel culot ? Une nana de 25 balais !... Journaliste depuis même pas six mois ! Et ce raisonnement froid, même au sujet de son Jules ? Tout à coup Elias ne la regarde plus avec les mêmes yeux enamourés. Elle lui fait penser au juif « à l'esprit mince » de Proust, mais en blonde à l'esprit affuté ; tranchant, même ; une intelligence très particulière, ultra féminine et synthétique, intuitive et pratique.

Ils remontent chez elle, et Elias se met enfin à table. Il lui raconte toute l'affaire en détail, faisant juste l'impasse sur le coïtéclair avec la vieille bijoutière de l'avenue Dizengoff. Quelle importance, d'ailleurs, ce petit coup de gérontophile tiré vite fait-bien fait dans un moment de vague à l'âme ? Ça ne compte pas plus à ses yeux que s'il avait juste tenu la porte à cette dame, sauf qu'Olga veut qu'ils aillent ensemble se faire rembourser le bijou. Pour elle, c'est essentiel de récupérer cet argent, quitte à subir une décote par rapport à ce qu'Elias a payé. Et surtout le rendre à la famille des deux bédouins, pour les frais d'avocat qu'ils vont avoir.

– Autant se dénoncer aux flics, lui répond Elias sans perdre son calme.

– Oui c'est juste, admet finalement Olga. Mais il faut quand même leur rendre cet argent, par un moyen ou un autre. Ça commence par là, j'en suis sûre.

– Pas avant la fin de l'affaire, plaide Elias.

– Si, avant ! Et puis un bijou à 20.000 shekels de chez Elkaïm, pour un nouvel immigrant qui gagne ton salaire, ça devient suspect. Suppose qu'il y ait une perquiz chez toi...

– Y en aura pas !

– Mais qu'est-ce que t'en sais ?!

Elias obtient finalement de retourner seul à la bijouterie, et si la bijoutière est tout miel et tout sourire en le voyant arriver, et si d'emblée elle verrouille la porte et désactive l'alarme toute excitée, pour l'entrainer dans l'arrière-boutique en relevant déjà sa jupe, elle l'envoie carrément paître quand il lui demande le remboursement du bijou. Hyper vulgaire, en plus !

– T'es venu baiser ou me casser les pieds ?!

– Comprend moi, j'ai fait une connerie et j'ai besoin du fric, dit Elias en hébreu pour essayer de l'amadouer.

– Tire toi ou je sonne l'alarme !

– Mais enfin, tu peux quand même me...

– Je compte jusqu'à trois , et du coup Elias laisse tomber. Manquerait plus qu'elle appelle les flics !.. Je t'en donne 5.000 shekels, pas un de plus, lui lance-t-elle alors.

– Va te faire foutre ! lui répond Elias.

– Tu préfères que je sonne l'alarme ?

– Eh ben vas-y!... répond-il bravement.

– OK je t'en donne 7.000, enchérit-elle, voyant qu'il ne se laisse pas impressionner. Mais à condition qu'il la saute.

Cette fois Elias accepte, sachant qu'il devra puiser dans ses ressources mentales les plus profondes pour bander à nouveau avec cette vieille truie et conclure l'affaire, alors il lui dit OK soulève ta jupe, au lieu de quoi elle la baisse, découvrant ses cuisses blanchâtres, à la peau toute crevassée, mais il arrive à la fourrer pendant deux-trois minutes les yeux fermés en pensant à Sandy la bouche pleine de salade, à Juliette en petit paréo, à celle-ci, à celle-là, et même à une certaine Miss Monde 1999 dans un Spécial Noël de Playboy, et enfin il repart avec une liasse de billets de 200 shekels bien crissants en poche. Il reçoit alors un sms alarmé d'Olga lui apprenant que Kirzenbaum a publié un article en anglais sur son blog. Elias s'y connecte aussitôt et découvre effaré une enquête intitulée : « Attentat ou grosse arnaque ? », illustrée par une photo de lui puisée dans Facebook. Tout y est raconté avec beaucoup d'exactitude, y compris le mécanisme de l'arnaque, sauf que le blogueur pro-palestinien ignore encore tout de Diabolo, sinon que c'est parait-il un « obèse à la mine patibulaire »...

CHAPITRE 19

Depuis qu'Elias lui a tout avoué, Olga est dans un état qu'elle n'a jamais connu. Des garçons qui font des folies pour elle, oui ça, il y en a eu d'autres. Plein, même. Elle est si jolie ! Là, c'est une tragédie dont elle est la cause. Avec des répercussions effroyables pour plein de gens. Mais Olga sait bien que, si elle a une chance de sauver Elias et leur couple, c'est en discréditant Kirzenbaum qu'elle y parviendra. Il faut juste qu'elle rentre dans la peau d'une femme qu'elle n'est pas, Mata Hari ou simple allumeuse capable d'entraîner un ennemi de sexe masculin dans un piège. Elle se sait aussi du mauvais côté de la vérité et ça la tourmente beaucoup, mais elle a fait son choix : plutôt Elias que la vérité ; plutôt Elias que la justice ; plutôt Elias que tout le reste. Tout le contraire de ce qu'on lui a enseigné dans son école de journalisme. Mais apprend-on à être l'objet d'un tel tourment au cours de ces études-là ? D'un tel coup de foudre ?

Pendant ce temps-là, l'ambiance de la news room de H24 s'électrise. Tous les ordis sont connectés au blog de Kirzenbaum et quand Elias arrive vers 15h, Marcel le prend à part dans un bureau fermé, où l'attendent le directeur, le méga directeur et le giga directeur de la chaîne :

– Dis nous maintenant clairement ce qui s'est passé, lui demande Marcel. On ne peut pas tolérer dans une rédaction, un journaliste qui a maille à partir avec la justice...

– Mais je n'ai pas maille à partir avec la justice, se défend Elias. J'ai été victime d'une tentative de meurtre et, au prétexte qu'un blogueur de Tag Chalom émet un doute, ça y va ! Vous m'accusez de je ne sais même pas quoi au juste !.. Mon propre employeur, c'est un peu fort ! Après avoir voulu faire de moi un héros ! Au lieu de me défendre !... Reconnaissez au moins que c'est moi qui n'ai pas voulu exploiter l'évènement, alors que vous vouliez en faire des caisses !

– Oui d'accord, admet le giga directeur, mais as-tu oui ou non vendu puis repris la bagnole de la chaine à ces pauvres Bédouins ?

– Jamais de la vie !

– N'as-tu pas un obèse parmi tes amis ? demande Marcel.

– Plusieurs même. Et alors ?

– Eh bien parce que d'après l'article, c'est un gros bonhomme qui a été leur piquer la voiture en pleine nuit...

– Voilà déjà la preuve que ce n'est pas moi !

– Oui mais d'après le papier, insiste le méga directeur, ça pourrait être ton complice...

– Ce sont des insinuations !

– En tous cas, dans l'immédiat, lui annonce Marcel, tu ne peux plus travailler comme journaliste.

– Mais c'est dégueulasse ! s'insurge encore Elias.

– Tu vas passer à la réalisation, lui annonce le giga directeur. Tu connais assez de technique non ? Donc une semaine de formation et ensuite aux manettes, jusqu'à ce que toute la lumière soit faite sur cette affaire.

CHAPITRE 20

Rendez-vous est fixé dans l'un des deux cafés jumeaux qui se trouvent devant le théâtre Habima, mais Olga a tellement le trac qu'au dernier moment elle ne souvient plus trop si c'est celui de gauche ou de droite, et elle regrette de lui avoir proposé de se rencontrer là plutôt qu'au Café Français par exemple, car c'est le meilleur endroit de Tel Aviv pour se louper quand on doit boire un verre avec quelqu'un dont on ne connaît même pas la tête et qu'on déteste d'avance. Alors elle s'assied au pif à la terrasse de celui qui est à gauche en regardant le théâtre, et Kirzenbaum rapplique peu de temps après dans une veste informe, très contrarié, en lui disant que non, c'était dans l'autre, celui de droite, qu'ils devaient se retrouver, et que ce n'est pas très moral de s'en foutre à ce point, de l'endroit qu'on a fixé. Ça commence bien, la négo !.. Mais enfin elle sent qu'elle lui tape dans l'œil, avec son petit tailleur en soie grise à même la peau, et ses beaux cheveux blonds lâchés sur les épaules. Lui, impossible de le décrire. Taille moyenne, cheveux mi-longs, myope, âge indéterminé, voix sans timbre...

– Je peux voir ? demande-t-il sans attendre, et Olga lui met le truc sous les yeux. D'où t'es-tu procurée cette photo ? fait-il méfiant.

– Ça, je ne te le dirais que quand on sera d'accord sur le prix.

– Quel prix ?

– 50.000 shekels, annonce froidement Olga.

– Non mais tu rêves !

– En exclusivité, bien sûr.

– Même !

– C'est à prendre ou à laisser...

A quoi joue cette belle nana, soi disant sympathisante de Tag Chalom, mais plutôt pute ukrainienne, certainement pute ukrainienne malgré son faux accent français ? se demande Kirzenbaum. Il ne s'agit quand même pas d'un scoop, cette photo, ni d'une affaire qui défraye la chronique ; juste une pièce à conviction pour illustrer un pseudo article d'investigation comme ceux qu'il écrit régulièrement contre l'armée israélienne :

– Je ne pourrai même pas t'en donner 10%., avoue-t-il.

– Tant pis, répond Olga en reprenant la photo. Elle la glisse dans son sac et se lève. Mais Kirzenbaum lui attrape le poignet pour la forcer à se rasseoir :

– Attend une seconde, s'il te plait... Tu m'as même pas dit qui est qui, sur cette photo. Enfin si, j'ai reconnu le journaliste de H24, mais l'autre obèse, là? Je peux regarder la tête qu'il a?..

Elle le lui remet sous le nez quelques secondes avant de le refourrer dans son sac et se lever à nouveau pour quitter le bistrot:

– Attend... attend... comment il s'appelle, son complice ?

– Gérard Valensi, ou Diabolo si tu préfères...

– Et tu es qui, toi, par rapport à Elias Benzaquen ?..

– Je suis son ex... C'est moi qui ai pris la photo. Il m'a largué cette enflure, je veux lui faire payer..

— L'imbécile ! De la confiture pour les cochons ! Une belle fille comme toi... T'es seule en ce moment ? Hein parce que je peux... Ça te dit un ciné ce soir, à la Cinémathèque il y a tu sais une rétrospective de heu l'autre idiot qui est devenu rabbin là, j'ai des places...

— C'est 50.000 shekels ou rien, l'interrompt Olga, en collant son smartphone à l'oreille, pour faire semblant d'avoir quelqu'un au bout du fil.

Kirzenbaum la rejoint à contretemps et la retient encore une fois par le bras :

— Si tu es vraiment sympathisante de Tag Chalom, tu dois me donner cette photo gratis.

— Chui une pute, gros bêta ! réplique Olga en rangeant le téléphone dans son sac. T'as pas compris ?.. Et puis lâche moi !

— Donne la moi !

— Lâche moi ! répète-t-elle assez fort pour que ça alerte les passants.

Kirzenbaum recule aussitôt de deux pas, en levant les bras comme dans un western, mais il continue à marcher derrière elle les mains en l'air par peur d'être accusé de harcèlement. Ils remontent ainsi le Boulevard Rothschild parmi les joggers et les rollers de l'allée centrale, jusqu'au premier kiosque où Olga s'arrête boire une limonana. Toujours les mains en l'air, Kirzenbaum commande de son côté un expresso serré « avec le sucre déjà mélangé s'il te plait », précise-t-il au barman, qui le regarde par en dessous, un demi-sourire sur les lèvres, comme s'il flairait un sketch de caméra cachée :

— C'est bon, bas les pattes, lui dit finalement Olga en anglais, et Kirzenbaum baisse les mains.

– Faut que tu comprennes qu'on n'a pas de fric à Tag Chalom, prétend-il tout pleurnichard. Pas un rond ! La misère je te jure, ma sœur...

– Et les subventions de l'UE ?..

– Pardon ?...

– Cent mille euros par an, quand même ...

– Mais ça couvre à peine les frais ! On a des observateurs partout, tu t'rends pas compte de ce que ça coûte, les petites caméras des bénévoles ! Sans compter les petits vols de bénévoles justement... Ils ont beau être bénévoles, eh ben ils nous volent quand même, hein, si c'est pas malheureux cette occupation je te jure...

– OK, disons alors 30.000 shekels...

– 10.000 pas plus, propose-t-il.

– 20.000, dernier prix, à prendre ou à laisser conclut Olga. Rendez-vous chez moi à 19h30 pour l'échange. En espèces hein, les 20.000...

Elle finit de remonter seule le Boulevard Rothschild, toute contente d'avoir ferré Kirzenbaum. Il faut maintenant qu'il morde à l'hameçon et qu'il publie dans son blog le photo-montage qu'elle a réalisé. On y voit un obèse à côté d'Elias, accoudé sur un 4X4 Subaru, le même modèle que celui qu'Elias a vendu aux Bédouins mais rouge au lieu de blanc. Bien entendu, l'obèse n'est pas Diabolo. Olga a piqué sa photo dans Google Images. Avec ses cheveux décolorés et son teint rubicond, il fait plus penser à un touriste autrichien dans un quelconque paradis sexuel asiatique, qu'à un sombre séfarade un peu enrobé comme Diabolo. Olga a remplacé le paysage de sable fin et mer émeraude autour de lui, par un paysage de rocaille comme ceux du Néguev, et son montage crée vraiment l'illusion. Pourvu que Kirzenbaum, aveuglé par sa vindicte, se laisse piéger jusqu'au bout.

Olga sent aussi que le bloggeur est de ces hommes qui lui mangeraient dans la main, et tellement mielleux, tellement pleurnichard, qu'il lui donne envie de petits plaisirs sadiques. Ça devient excitant, comme affaire ! En plus, Elias n'est pas au courant. Elle a tout monté en cachette, seule avec Photoshop.

En traversant la rue Allenby, elle voit Manu au comptoir du Sushi Japanika avec une blonde qu'elle ne connaît pas, et elle vient lui donner une petite tape dans le dos. Un peu surpris, gêné même, Manu lui présente Juliette, et les deux filles se font la bise comme si de rien n'était. D'ailleurs Olga ne sait toujours pas qui est Juliette. Elias ne lui en a jamais parlé. Juliette, par contre… Bien sûr qu'elle connaît sa rivale, et bien sûr qu'elle la reconnaitrait entre mille. Sa nonchalance surtout. Ça la fascine. Elle aimerait tellement être comme ça. Comme Olga. S'en foutre de tout, du moins en apparence. Et de son côté, si Olga n'envie rien à Juliette, elle a quand même envie de la connaître ; relationner avec, piquer des fous rires ensemble, tirer des plans sur la comète, parler des garçons, et en même temps la secouer comme un prunier, bref en faire sa nouvelle copine. Un vrai coup de foudre :

— Tu fais quoi à Tel Aviv ?

— Je vends de la peinture…

— T'as une galerie ?

— Elle est pas à moi, répond Juliette, mais bon c'est moi qui fais tout…

— Où ça ?

— Rue Abarbanel. Ça s'appelle…

— Ah oui Moins de mille, l'interrompt Olga. Je connais j'adore… Je passerai te voir, tu veux bien ?

– Heu oui… Enfin non oui… Quand ça ?...

– N'importe quand… A l'impulse !

– …. OK d'accord oui enfin non oui d'accord, répète Juliette vaguement inquiète, mais soulagée aussi de découvrir en Olga une vraie personne, et quelqu'un de si facile d'accès, pas juste une silhouette.

Ensuite Olga rentre se changer. Elle enfile un jean noir, des ballerines, ses Ray Ban en écaille tigrée, puis elle part travailler. Elle passe par la régie embrasser Elias, mais ne lui dit pas un mot de son rendez-vous avec Amos Kirzenbaum ; juste qu'elle a croisé Manu au Japanika avec une certaine Juliette « super jolie », et Elias frémit. Si seulement Manu pouvait arrêter de fréquenter son ex, bon sang! Mais qu'est-ce qu'il lui trouve ? On dirait qu'il le fait exprès. Tout à coup il se dit : et si Manu prétendait être dingue de Romy juste pour cacher qu'il aime Juliette, en fait ?.. Terrible hypothèse pour Elias, car ce serait la fin de leur amitié. Mais pas inenvisageable non plus. Après tout, cette fille n'a pas connu son père et la différence d'âge entre elle et Manu, n'est pas un obstacle réel ; pas un empêchement majeur dans ce cas. Au contraire, même. Une mayonnaise freudienne pourrait bien finir par monter entre eux…

Mais qu'Olga se mette aussi à la fréquenter, là ce serait la fin des haricots. Comme s'il n'avait pas assez d'emmerdes pour y ajouter une possible amitié entre Olga et son ex… Vu leurs horaires décalés, Elias finissant sa journée alors qu'Olga embauche, ils conviennent de se retrouver chez lui, rue Lewinski vers 10 heures du soir. Ça laisse un peu de temps à Olga pour préparer la suite de son plan. A 19H elle est de retour chez elle, et à 19h30 pétantes elle entend sonner. Mais elle ne répond pas immédiatement. Elle attend que Kirzenbaum sonne une deuxième fois, et laisse encore passer quelques secondes avant d'aller lui ouvrir. Elle craint un peu de se retrouver seule avec lui en tête à tête. Humanitaire ou pas, grande conscience morale ou pas, il a une tronche de gros pervers

– Ah c'est toi ! fait-elle faussement surprise.

– Je te signale qu'on avait rendez-vous, réplique-t-il déjà vindicatif en la reluquant par en dessous, car elle a totalement changé de style depuis le matin, avec juste un petit peignoir de satin mauve qui lui arrive au ras des fesses et des mules noires à hauts talons qu'elle a achetées une demi heure avant sur Derech Yafo, dans un magasin d'accessoires pour putes ukrainiennes. Ça lui tape immédiatement dans l'œil, Kirzenbaum, mais ça l'intimide aussi, et il se pose au bord du canapé, prudemment dirait-on, tandis qu'elle s'affale à côté de lui, les jambes croisées haut et les cuisses largement dénudées.

– Tu as apporté l'argent ?

– Oui oui bien sûr, répond-il en tapotant la poche de sa veste fadasse, couleur jaune-gris-marron.

Il sort la liasse de billets et la pose dans le petit espace encore libre entre elle et lui au creux du siège. Olga prend les sous et recompte lentement, tandis qu'il reluque son corps visiblement nu sous le peignoir. Sentant qu'il est en train de la bouffer des yeux et qu'il ne suit pas attentivement le compte, elle se trompe volontairement et lui dit :

– J'en trouve que quinze mille, moi ...

– Ah ben non ! proteste-t-il. Recompte il y a les vingt mille...

Olga s'amuse à recompter à voix haute en lui posant les billets un par un sur la cuisse, à la jointure de sa braguette, et Kirzenbaum perd le fil dès le septième billet. Il sait bien qu'il a tort de se laisser exciter par cette soi disant française, mais s'il est homme à lutter contre l'occupation, il ne peut rien contre ses érections, et il donnerait maintenant ses yeux pour sauter Olga. Elle le met dans

127

un état de rut qu'il n'a jamais connu. Et il halète à son insu en matant ses cuisses.

– Tu ne te sens pas bien ? lui demande-t-elle ingénument.

– Si si, pourquoi cette question ?

– Tu souffles comme un boeuf !

– Mais non ! se défend-il…

Elle ramasse l'argent lentement et se lève pour aller chercher la photo : « t'es vraiment sexy ! », lui lance-t-il alors langue pendante, et Olga fait volte face en le toisant un instant, juste un instant, pour qu'il se sente encore plus radin, plus petit-bras, plus rabat-joie qu'il n'est déjà.

– Tu veux boire quelque chose ? lui demande-t-elle ensuite, en revenant avec le photo-montage.

– Oh oui, si tu as quelque chose de frais…

– Un Nespresso ?..

– Ah ben non là je voulais du froid pas du chaud, heu, et puis un café le soir…

– Oui c'est pas bon, de toutes façons faut que j'y aille là, motek…

– Alors on se revoit quand ? l'implore-t-il en se levant, les bras tendus vers elle pour essayer de la choper.

– La semaine prochaine si tu as du temps pour moi, minaude Olga en esquivant son étreinte.

– Avant. Avant ! Il faut que je te vois avant hein !.. Il me le faut! s'écrie-t-il aux abois. Enfin si tu peux…

– Allez allez, fais pas l'enfant !

Une fois qu'elle a réussi à le mettre dehors, elle peut s'affaler dans le canapé et souffler enfin. Un poids retombe de ses épaules.

Elle a agi sans trop y réfléchir mais ce n'est pas si facile que ça de muter en femme fatale quand on est une bonne savoyarde originaire de Chambéry, et qu'on aime les choses simples comme la fondue et les torrents de montagne... C'est encore moins facile parce qu'elle mène sa barque en secret et en solo, sans en dire un mot à Elias, juste pour le sauver. Elle est tout simplement folle de son mec et ça, ce n'était pas prévu non plus. Le grand amour, quoi. L'homme de sa vie. Elle a débarqué à Tel Aviv pour un stage même pas payé, sans autre projet qu'enrichir sa petite expérience professionnelle, et elle se voit maintenant la bague au doigt ici. En plus Marcel l'a salariée. Ça l'engage, tout ça. L'engrenage de la vie. C'est fascinant à regarder, comme processus pour une jeune femme comme elle. Tout s'emballe d'un coup d'un seul, et il n'y a plus moyen de reculer.

Un carrousel de sms s'ensuit sur son portable, plus enamourés les uns que les autres. Kirzenbaum veut la revoir tout de suite, dans l'heure, la demi-heure, l'instant. Elle palpe les billets qu'il lui a laissés en réfléchissant au meilleur moyen de les refiler à la famille des deux bédouins. C'est la prochaine étape de son plan. Mais avant tout, discréditer Kirzenbaum en lui faisant publier ce photomontage. Alors elle prend encore la peine de répondre à ses messages par des formules bidon du genre : « laisse moi encore une semaine pour être toute à toi », mais elle a hâte que ce soit du passé.

L'autre question, c'est de savoir avec qui aller jusqu'au campement près de Mitzpé Ramon, pour rendre les 25.000 shekels à la famille bédouine, car elle ne se sent pas d'y aller seule et pas non plus avec Elias, bien sûr. Pourquoi pas avec Manu ? Il ne refuserait sans doute pas, mais il est trop proche d'Elias. Ça le gênerait un peu. Et puis il ne parle pas assez bien l'hébreu. Y aller avec sa copine Juliette, ce serait parfait. Deux filles valent toujours mieux qu'un faux couple pour ce genre de virée. Et puis ça créerait un lien hyper fort entre elles. Et puis Juliette parle couramment l'hébreu.

– Pourquoi tu veux son numéro ? lui demande Manu sur ses gardes.

– Pour rien, je la trouve cool...

– Je lui demande avant, d'accord ?

Mais Olga coupe l'herbe sous les pieds de Manu en allant voir Juliette directement à la galerie, rue Abarbanel, soi disant acheter une toile qu'elle a vu sur le fil d'actu de Facebook, et dans la foulée elle lui propose l'équipée. Au passage, elle lui offre un flacon de Miss Dior que sa mère lui a rapporté du Duty Free de Roissy, la dernière fois qu'elle est venue la voir mais qu'elle n'a jamais ouvert. Evidemment, Juliette se demande où veut en venir Olga, et si l'achat de la toile n'est pas juste un prétexte pour dieu sait quoi de louche. Ou bien elle ne sait pas qu'elle est l'ex d'Elias, ou bien cette fille est du genre à copiner avec les ex de son jules. Ça existe. Mais il faudrait que Juliette soit fixée, et vite fixée car cette ambiguïté est très dérangeante. Presque blessante. Si Olga sait ce qui s'est passé entre elle et Elias, et qu'elle fait comme si de rien, là ce serait du sadisme pur et simple.

Juliette accepte pourtant le flacon de Miss Dior, et fait même la bise à Olga pour la remercier.

– Tu fais quoi, Jul, ce shabbat ? lui demande alors Olga, déjà à tu et à toi.

– Rien de spécial, grasse mat' et plage sans doute, répond Juliette.

– Ça te dit qu'on aille ensemble à Mitzpé Ramon ?

– Quoi faire ?

– Ben comme ça, je connais pas le Néguev...

– T'as une voiture ?

– Je vais en louer une...

– Pourquoi pas ? dit Juliette un peu évasive.

– Non mais t'en fais pas, c'est moi qui paie tout...

Comment refuser ? Olga a une façon si tendre de presser pour obtenir ce qu'elle veut ! Il faut juste qu'elle aime bien la personne pour déployer tout son charme, et elle aime beaucoup Juliette d'emblée, sans même savoir pourquoi. Sa délicatesse, peut-être ? Ou son grain de beauté sur la jambe droite ? Sa beauté si fraiche ? Serait-elle lesbienne, par hasard ? se demande Juliette de son côté, mais sans y croire vraiment. Jamais Elias ne s'emmouracherait d'une lesbienne. Ni d'une bisexuelle. Il n'aime que les femelles, croit-elle. Bizarre tout ça. Mais bon. Il faudra pourtant qu'elle lui parle, si elles deviennent vraiment copines. Le temps a beau faire son œuvre, Juliette n'a pas encore cicatrisé. Heureusement que la galerie lui prend pas mal la tête à présent. Mais le reste de ses pensées est entièrement voué à Elias, et l'envie de le poignarder grandit en elle comme une marée noire. Il y a des jours où sa souffrance devient si aigüe que oui, elle envisage, elle fantasme, elle se voit comme dans un polar le surprendre au coin de la rue Lewinski entre chiens et loups, et lui planter vingt coups de couteau dans le dos, à l'arabe. Ensuite, ça passe ou ça se dilue dans les activités du quotidien. En deux mois, elle a transfiguré la galerie. C'était juste un dépôt, un fouillis plutôt, c'est devenu un écrin où toute la bohême de Tel Aviv défile du matin au soir. Les jeunes peintres de la ville sollicitent tous Juliette, à présent. Son agenda de rendez-vous est plein comme un oeuf. En quelque semaines elle est devenue quelqu'un d'important dans ce milieu, aussi bien pour les artistes que pour les collectionneurs, et son patron l'a augmentée de 1000 shekels par mois. Des galeristes de la rue Ben Yéhuda la contactent également sur son portable pour lui proposer du travail, mais pour l'instant elle se sent bien à Florentine et n'a pas envie d'aller planter ses pénates dans le nord trop bourge de la ville. La provinciale malheureuse et chagrine, qu'elle était en arrivant, est devenue une des filles les plus en vue de Tel Aviv, au point qu'elle doit souvent répondre à plusieurs invitations le même soir. Ça lui permet d'oublier un peu Elias, sauf qu'ils habitent toujours l'un en face de l'autre, et que c'est comme un rappel lancinant de son chagrin.

Bref, elle accepte d'accompagner Olga dans le Néguev, mais avant qu'Olga ne file, elle lui pose quand même la question :

– Olga, tu sais au moins qui je suis ?..

– Ben bien sûr enfin !...

– T'es sûre ?...

– Me dis pas que vous sortez ensemble, toi et Manu, lui demande alors Olga

– Non non, Manu il est dingue d'une certaine Romy.

– Celle du vélo, hein ?

– C'est ça, répond Juliette en gloussant. Et un peu lâchement, elle rit avec Olga des déboires sentimentaux de Manu, au lieu de lui dire clairement qu'elle est l'ex d'Elias. Tout bien réfléchi, le lui cacher est le meilleur moyen pour elle d'approcher à nouveau Elias. Dans un raisonnement mené à la vitesse V, elle a vu tous les avantages qu'elle aurait à tirer de cette amitié. Comment Elias pourrait-il encore la rejeter si elle devient l'amie la plus proche d'Olga ?...

Et puis, quand elle remet les choses en ordre dans sa tête, elle ne se considère plus comme l'ex d'Elias mais comme son ticoune. C'est un mot hébreu difficile à traduire dans le langage moderne, mais en gros ça veut dire le prix à payer pour expier une faute.

Quelle faute ? à part celle d'être née de père inconnu ; de Père Victor, précisément... Encore si c'était sa faute !..

CHAPITRE 21

Mais quand Olga lui annonce qu'elle passe le shabbat entre filles dans le Néguev, avec sa nouvelle amie Juliette, et qu'elle va en profiter pour rendre l'argent aux Bédouins, là Elias devient très sombre. Passe encore qu'elle la connaisse de vue, Tel Aviv est si petit !.. Mais se lier comme ça !.. Et la mettre au courant de l'affaire, en plus !

En même temps, il ne peut pas lui dire maintenant, et seulement maintenant, qu'il a eu une longue liaison avec Juliette. Trop tard, canard !.. Olga ne comprendrait pas qu'il lui ait caché un truc aussi important. Elle se mettrait à douter de lui. Pourquoi a-t-il occulté cette histoire, d'ailleurs ? Ils se sont quand même vus pendant plusieurs mois, Juliette et lui ! C'est une vraie relation ; pas un coup en passant. Et pourquoi cultive-t-il ce goût maniaque du secret, qui le met dans des situations toujours inextricables ? Il s'en veut, c'est sûr. Il s'en veut d'être aussi tordu, mais comme tous les gens tordus il n'est pas que tordu, Elias. Pas seulement. C'est aussi un bon mec, et un super ami, un type généreux, romanesque et cultivé. Beaucoup de gens l'aiment tel qu'il est. Et il s'y entend comme personne pour être aimé quand il veut qu'on l'aime.

Seulement voilà, il porte en lui une gêne, une torsion vachement louche, comme un malaise qui vient du fonds des âges.

Un drame de plus pointe à son horizon; un nouveau paquet d'emmerdes. Et il enrage, pauvre Elias. Bon sang, quand va-t-il réussir à briser cet engrenage.

– J'en ai plein le cul de ton histoire avec Juliette ! Plein le cul oui!

– Mais quelle histoire ? se défend Manu, alors qu'ils se retrouvent au Flo 10.

– T'es amoureux d'elle ! lui balance Elias.

– N'importe quoi ! réplique Manu. Je vais quand même pas lui tourner le dos quand je la vois, non ! Elle m'a rien fait de mal...

– Mais passer shabbat dans le Néguev avec Olga !... Est-ce que tu sais seulement ce que ça veut dire pour moi ?

– Non je sais pas, avoue Manu.

– Ça veut dire qu'elle va bousiller mon couple, ta Juliette de merde ! Et ça veut dire que si tu la fréquentais pas avec autant d'assiduité, elle connaîtrait pas Olga ! se met à crier Elias.

– Ce sont tes mensonges qui vont bousiller ton couple, répond calmement Manu en se levant déjà.

– Reste s'il te plait, Manu...

– Tu dis toujours qu'on est un tout petit monde, poursuit Manu en se rasseyant. Si c'est pas moi qui lui présente Olga, ce sera quelqu'un d'autre ! Alors soit t'acceptes qu'elle fait partie de notre monde, soit tu vas voir ailleurs !

– C'est à moi que tu parles comme ça, Manu ?.. C'est ça, être ton meilleur ami ? se met à sangloter Elias... Mais putain pourquoi tu me comprends pas ? Pourquoi tu me renvoies toujours à ma névrose ?

— Ça me rappelle « Thelma et Louise. Tu l'as vu ?..

— Non mais je sais que c'est avec Geena Davis, et j'adore cette actrice, répond Olga alors qu'elles roulent cheveux au vent dans le Néguev.

Saison idéale que le début du printemps, pour un road-trip dans ce désert minéral. La température est douce, le soleil caressant, l'atmosphère pétulante. On croirait entendre l'air tinter tant il est pur, et le moindre caillou a des reflets d'argent. Elle a bien fait les choses, Olga, en louant un coupé Audi décapotable pour presque rien, grâce aux points-fidélité accumulés chez Car2Go sur la carte de crédit de son père, et sa play-list dans les baffles. Pour apprendre l'hébreu, Olga écoute en effet des chansons israéliennes, surtout celles de Mosh Ben Ari, d'abord parce qu'elle n'a pas le temps d'aller à l'Oulpan en semaine, et puis parce qu'à force d'entendre la même chanson en boucle, elle arrive à détacher chaque mot de la phrase et trouver sa signification grâce à son appli hébreu-français. Là, Juliette lui traduit au mot à mot le texte de *Vé er shelo,* et c'est un petit bonheur pour Olga de comprendre enfin ce qui lui échappait encore dans sa chanson préférée. Du coup elle se sent pleine de gratitude pour Juliette.

— Tu sais quoi, Jul ? Eh ben je sens que nous deux c'est pour la vie ! fait-elle, en se tournant toute contente vers Juliette, qui lui sourit attendrie alors que dans sa tête elle demeure sur ses gardes.

— J'espère, répond-elle quand même.

— Je veux que tu rencontres Elias hein ! Tu vas l'adorer, ajoute naïvement Olga, et là, Juliette ne peut que se mordre les lèvres mais Olga ne s'en aperçoit pas et continue de lui décrire Elias comme seule une femme amoureuse peut décrire l'homme qu'elle aime.

— On a assez d'essence ? l'interrompt quand même Juliette agacée, au beau milieu d'une phrase.

– T'en fais pas, il y a une station-service dans trois kilomètres...

– Tu sais que Mitzpé Ramon c'est à 800 m d'altitude, et que c'est au-dessus d'un cratère de 500m de profondeur ? enchaîne Juliette comme un guide du routard, pour l'empêcher de poursuivre sur Elias.

– Non, j'étais pas au courant, mais le truc que je préfère chez Elias...

– T'imagines que c'était un climat polaire, il y a 50 millions d'années ? l'interrompt encore Juliette.

– On y aurait été en doudoune, glousse Olga en lui donnant un coup de coude. Et puis tu sais, moi je suis une savoyarde, alors le froid ça me fait pas peur...

A la sortie de Mizpé Ramon, Olga lui confie un plan sur papier pour accéder au campement bédouin, or Juliette reconnaît immédiatement la calligraphie si particulière d'Elias, avec ces lettres fines comme du fil de soie noire, couchées en bon ordre les unes contre les autres, et ça la trouble tellement qu'elle n'arrive pas à jouer correctement les co-pilotes. Du coup elle laisse Olga dépasser l'embranchement d'où part le sentier qu'elles doivent emprunter, et elles sont obligées de revenir sur leurs pas une première fois. C'est très contrariant mais Olga ne le prend pas mal du tout :

– Je t'adore, t'es complètement dans les vaps, lui dit-elle en lui collant un smack sur le front.

– Excuse moi, je regardais surtout la calligraphie d'Elias, c'est pour ça, répond honnêtement Juliette.

– Comment tu sais que c'est Elias qui a fait ce plan ? s'étonne Olga.

– Heu ben comme on parlait de lui juste avant, enfin tu vois, j'ai associé quoi excuse moi, bredouille Juliette.

— T'excuse pas, t'es folle ou quoi ? T'es trop intuitive, j'adore !

Olga lui reprend quand même le plan des mains et le plaque sur le volant, avant de redémarrer : « Je t'ai dit qu'Elias prépare un livre ?... Un grand roman, tu sais. Il a déjà des noirci des dizaines de carnets de notes », lui annonce Olga ; et elle commence à lui raconter l'histoire d'Amos Kirzenbaum, le dernier juif de Tel Aviv imaginé par Elias, mais elle s'interrompt régulièrement pour jeter des coups d'œil inquiets au bord de la route, jusqu'à trouver le fameux chemin qui part discrètement sur la droite vers le campement. L'Audi s'engage alors sur le sentier caillouteux qui mène aux Bédouins, en dégageant des tourbillons de poussière opaques, lorsque tout à coup surgit en sens inverse une Toyota blanche de la police. Comme il n'y a pas de place pour les deux véhicules, Olga doit manœuvrer en marche arrière pour laisser passer les flics et elle redescend ainsi jusqu'à l'embranchement initial du sentier.

Arrivés à la hauteur des filles, les deux policiers descendent de voiture et viennent s'appuyer, chacun à une portière de l'Audi :

— Chalom guiveret (Bonjour mesdames), dit le plus âgé des deux. Peut-on savoir où vous allez ?

— Il dit quoi ? demande Olga à Juliette.

— On visite, répond Juliette en hébreu.

— Mais vous visitez quoi ? insiste le policier. Il n'y a rien à voir par ici...

— On peut parler en anglais ? intervient Olga en anglais. Ani lo mévina ivrit (je ne comprends pas l'hébreu)....

— Ah vous êtes française ? répond le flic également en anglais. OK. Qu'est-ce vous allez faire là-haut ?

— Secourir une famille de bédouins, répond Olga sans se démonter. On leur apporte un don de l'organisation Tag Chalom...

– Quelle sorte de don ? demande le flic.

– De l'argent, répond Olga.

– Je croyais que vous visitiez, intervient le jeune flic en hébreu…

– Ben oui, comme on connaît pas le coin, rétorque Juliette également en hébreu, ça nous fait visiter en même temps.

– Qu'est-ce qu'il dit, Jul ? s'inquiète Olga. What did you say ?

– Montrez nous cet argent, rétorque le jeune flic en claquant des doigts, de façon très déplaisante.

Olga coupe le contact de l'Audi, et se saisit du sac qui contient les billets de 200 shekels. Elle en sort la liasse et la tend au plus jeune des deux :

– Ils vous connaissent, les bédouins là-haut ? demande celui-ci, après avoir jeté un coup d'œil à l'argent.

– Pas personnellement, non, mais c'est parce qu'ils ont enfin bon ils ont eu des problèmes que Tag Chalom leur apporte une aide financière, explique Olga d'une voix un peu moins ferme, aux intonations déjà chevrotantes.

– Quelle sorte de problème ?

– Ils ont besoin d'un bon avocat, voilà en fait…

– Vous avez vos papiers ? demande le vieux flic en hébreu. Olga voyant Juliette sortir sa carte d'identité, cherche également son passeport et le tend au policier en essayant de lui sourire. Mais pas de bon coeur. Quelle mauvaise rencontre !

Le vieux repart avec les papiers pour consulter son fichier tandis que son collègue demeure l'argent en main près de l'Audi, accoudé cette fois au montant du pare-brise, côté passager, à regarder les filles sans piper mot. On dirait qu'il essaie de trouver quelque chose à reprocher, un truc qui cloche dans la bagnole sans doute, mais comme c'est une voiture de location impeccable, Olga ne s'en fait pas trop. A moins qu'il ne veuille juste créer un malaise par ce regard insistant et hostile. Ils sont assez souvent antipathiques, les flics israéliens ; un peu comme les chauffeurs de bus Egged qui roulent à tombeau ouvert en pleine ville, ou qui démarrent en claquant la portière au nez des passagers. Pas conciliants du tout, et assez fouille-merde avec les contrevenants. Le vieux policier revient ensuite avec les papiers, après vérification de leurs profils.

— Vous êtes journaliste à H24 ? demande-t-il à Olga en anglais.

— Ben oui... Comment vous le savez ? répond-elle surprise.

— Alors vous connaissez Elias Benzaquen ? enchaine le flic.

— Heu oui, répond Olga mal à l'aise, dans un début de panique.

— C'est qui par rapport à vous ?

— Mon... enfin un collègue... Juste un collègue, prétend Olga, et Juliette ne peut s'empêcher de lui lancer un regard anxieux. Pourquoi ment-elle, bon sang ?! Dans quel merdier l'entraîne cette fille ?

— Et toi ? demande le jeune flic en hébreu à Juliette.

— Moi je travaille dans une galerie.

— Non mais tu connais ce gars-là ?

— Je l'ai connu, répond Juliette en hébreu, sachant qu'Olga ne comprend pas.

— Et tu as fini avec lui ? fait-il un peu graveleux, jouant sur le verbe finir qui, en slang israélien, veut dire aussi atteindre l'orgasme.

— C'est pas ça, mais on...

— Tu es qui, par rapport à lui ?...

— Une ancienne relation...

– OK, fait le vieux. Vous allez nous suivre...

– Mais pourquoi ? proteste Olga. On n'a rien fait de mal !

– Suivez nous, s'il vous plait. Et pas de tentative d'évasion. Je vous fais confiance ?

– Evasion ? réplique Olga. Mais on n'est pas prisonnières, que je sache !..

– Vous êtes en état d'arrestation, alors évitez quand même de nous fausser compagnie... D'accord ?

– Bien.. Bien, répond Olga très fébrile, après un temps d'hésitation.

Les policiers remontent dans la Toyota blanche et démarrent dans un vent de gravillons, en faisant tournoyer leurs lumignons rouges et bleus sur le toit, tandis qu'Olga relance le moteur du coupé Audi juste derrière.

– Pourquoi tu leur as dit que c'était juste un collègue ? peut enfin lui demander Juliette.

– Mais Jul, parce que je... enfin tu vois... c'est vachement compliqué !

– Tu me fais flipper là, Olga... Qu'est-ce que tu me caches au juste ? C'est quoi ce pognon ? Dans quel traquenard tu m'entraînes ?

– ... Oh regarde, un coyotte !...

Juliette tourne la tête juste un instant vers la bestiole qui se faufile entre les rochers, mais elle revient vite fait aux questions gênantes :

– Olga s'il te plaît réponds moi !

– Je te jure que c'est pas un traquenard, Jul !... C'est juste qu'Elias a eu un gros problème et je veux l'aider...

– Quel problème ?

– … Tu m'en veux, je te comprends, finit-elle par dire à Juliette. Mais je te jure que je voulais pas te foutre dans la merde. Tu me crois, Jul ? Dis moi oui, s'il te plait, l'implore Olga. Je t'adore tellement !...

Juliette sort son tabac et se roule une cigarette : « C'est quoi le problème d'Elias ? demande-telle froidement, bien décidée à obtenir une réponse claire. Tu me le dis ou je te parle plus jamai! »...

Olga au bord des larmes dévide alors sa pelote entièrement, tout en serrant fort la main de Juliette dans la sienne, et Juliette n'en perd pas une miette. Elle boit littéralement les paroles d'Olga. Car elle s'attendait à bien des choses, sauf à ce genre d'histoire. L'engrenage judiciaire dans lequel Elias a été pris avec cette affaire, la bouleverse. Voilà la cause enfin élucidée de son comportement odieux, se dit-elle. Tout s'explique. Pauvre Elias ! Si seulement il s'était confié, au lieu de la fuir et de devenir si cruel ! Si seulement il avait eu l'humilité, et la franchise, et la simplicité, de lui demander son aide au lieu de jouer les séducteurs cyniques ! Bien sûr qu'elle se serait sacrifiée pour lui ! Mille fois, même ! Elle est tellement folle de lui ! Mais comment se serait-elle doutée qu'il avait tant besoin d'elle ?...

Lecture certes très personnelle des évènements que celle de Juliette, mais au fond, à quelques détails chronologiques près, elle peut imaginer une autre histoire que celle qu'on connaît. Elle interprète comme ça l'arrange et elle arrange le truc à sa façon.

Pourquoi pas, après tout ? C'est si consolant de voir les choses sous cet angle là…

– C'était donc ça ! fait-elle tout bas à la fin du récit d'Olga. Si seulement j'avais su…

– T'aurais rien pu faire, crois moi Jul. Tout est de ma faute, t'as bien compris ? C'est pour m'offrir ce satané bijou qu'Elias a fait cette folie…

– Mon dieu, poursuit de son côté Juliette dans un murmure, et Manu qui ne m'a rien dit ! Pas un mot !... Quel salaud !

– Tu comprends pas que c'est un secret ou quoi ? Il était tenu par le secret, Manu. Et maintenant toi aussi tu es tenue ! Tu me jures de le garder pour toi ?...

– Que je garde quoi pour moi ?

– Comprends moi, j'ai promis à Elias de ne rien te dire !...

– Mais pourquoi bon sang ?!! proteste Juliette, le cou tendu comme si elle s'adressait au ciel. Pourquoi cette cruauté ?! On a passé presqu'un an ensemble !..

– Qui ça ? fait Olga perplexe, et Juliette la regarde avec un mélange de colère et d'affection, désarmée par sa candeur : toi et Manu ?...

C'est là qu'Olga comprend enfin que sa copine Juliette, sa nouvelle copine, sa copine adorée, est une ex de son jules et pas une ex en passant, ni une ex parmi d'autres mais une ex qui compte, et Juliette qui a compris qu'elle a enfin compris, baisse la tête penaude, honteuse même, d'avoir joué ce jeu de quiproquos si longtemps, au lieu d'avoir été franche dès le départ. Un long soupir s'échappe de leurs deux poitrines en même temps, comme un chœur de regrets. Elles roulent en silence derrière les flics, mais les pensées défilent quand même d'un cerveau à l'autre, d'un cœur à l'autre au sujet d'Elias. Elles roulent, sans savoir où cette affaire va les conduire même si elles sont fondamentalement innocentes. Elles roulent, innocentes et néanmoins complices, victimes et néanmoins coupables de leurs cachotteries mutuelles.

En arrivant devant la station de police de Mitzpé Ramon, Olga entend tinter l'alerte de Tag Chalom sur son smartphone. Elle a juste le temps de voir son photo-montage sur le blog de Kirzenbaum, et elle soupire à nouveau, mais de soulagement cette fois, en voyant le titre de l'article qui l'accompagne : « Preuves accablantes » ...

Ensuite les flics confisquent leurs téléphones et les placent chacune dans une pièce du commissariat.

CHAPITRE 22

L'alerte Tag Chalom tinte au même moment sur l'I Phone d'Elias, alors qu'il rejoint Manu et Yoni au Flo 10 pour leur traditionnelle chakchouka du samedi midi, avec plein de pain aux noix. C'est un moment quasi sacré de la semaine, où ils se retrouvent parfois à trois parfois à plus, pour s'empiffrer sans un mot jusqu'à ce qu'il ne reste strictement rien dans leur assiette, et même pas besoin de la mettre dans le lave-vaisselle après qu'ils aient fini de saucer : elle est nickel...

Elias leur lance un vague bonjour, absorbé qu'il est par le photo-montage paru sur le blog de Kirzenbaum, encore qu'il ne comprenne pas cette image bizarre, anormale, louche, et qu'il ne se doute pas non plus qu'au même moment Olga et Juliette sont interrogées par les flics de Mitzpé Ramon. Il en fait quand même une capture d'écran, et la montre ensuite aux deux autres. La légende de la photo prétend qu'il s'agit du journaliste franco israélien Elias Benzaquen et son complice Gérard Valensi, dit Diabolo, avec la voiture du délit.

— T'as de ces potes !... fait Yoni rigolard.

— C'est quoi cette connerie ? demande Manu, plus grave. Qui c'est, le gros ?

– J'en sais rien. C'est ni la bonne bagnole ni le bon gros...

– Kirzenbaum s'acharne sur moi, dit Elias, mais là il s'est planté grave.

Il transfère aussitôt l'image à Marcel et à tous les collègues de la chaîne via le groupe WhatsApp qu'il avait créé avec Olga pour annoncer leur accouplement. Enfin une éclaircie, depuis que cette affaire a éclaté ! Enfin de l'eau à son moulin ! Enfin une bonne nouvelle, que cette énorme bourde de Kirzenbaum...

– C'est un montage, non ? demande Yoni.

– Sûrement, répond d'abord Elias les yeux plissés et soudain il s'écrie : j'ai pigé !.. C'est Olga qui lui a fourgué ça ! J'en suis sûr !... Elle m'avait promis de le niquer ! Qu'est-ce je l'adore... Mon Olga ! Ma poupée !

La serveuse apporte leurs chakchoukas encore bouillonnantes dans des cantines en fer, mais ils n'y touchent pas tout de suite, tant ils sont concentrés sur le photo-montage :

– Appelle la! conseille fébrilement Manu.

La sonnerie retentit au moins dix fois avant qu'on ne décroche, mais c'est une voix d'homme bourru qui répond en hébreu à la place d'Olga : « Police de Mitzpé Ramon, j'écoute ».

Elias a un mouvement de recul mais il comprend instinctivement que le téléphone d'Olga est entre les mains des flics et il réplique en hébreu : « excusez moi c'est une erreur ». Puis il raccroche. A voir la tête qu'il fait ensuite, Manu et Yoni en concluent que l'éclaircie aura été de très courte durée.

Une minute à peine. Juste une minute de soulagement, une toute petite minute de bonnes nouvelles et c'est reparti pour les emmerdes. L'inexorable enchaînement des tracas et des menaces reprend :

— Elle est chez les flics, annonce-t-il. Manu, appelle Juliette s'il te plait pour vérifier qu'elles ont pas eu un accident...

Mais c'est la même voix de flic bourru qui répond à Manu : « Ok. Elles se sont fait gauler... » conclut Elias.

Du coup ils ne touchent pas à leur chakchouka. L'affaire prend une trop mauvaise tournure, là. Ça devient moche et angoissant. Le linge sale et la poisse, l'étau qui se resserre. Elias repense à «La pitié dangereuse», le roman de Zweig; à ce titre qui résume si bien la situation. Tout est dans les livres, se dit-il, entre autres cette culpabilité absurde qui vous jette dans la gueule du loup. Aller rendre aux Bédouins l'argent qu'il leur avait volé, ça partait d'un bon sentiment pour sûr. Et Olga a le cœur sur la main. Mais elle n'a pas assez lu, se dit encore Elias. Trop jeune, trop geek, trop caritative, sa chérie. Rien que de l'imaginer enfermée dans une cellule, Elias a envie de hurler. Son Olga au trou !.. La femme de sa vie gardée à vue, ça le rend dingue !.. Inconcevable réalité, mais c'est sa nouvelle réalité. Et ses parents qui débarquent dans moins d'une semaine pour les présentations officielles, bon dieu ! Sera-t-elle dehors à leur arrivée ? Que va-t-il pouvoir leur dire si elle n'est pas libérée d'ici là ?

Elias n'a plus du tout envie de chakchouka, et Manu plus tellement non plus mais l'estomac de Yoni gargouille fort, lui. Et dicte sa loi : « C'est quand même pas Yom Kippour non plus... », fait-il, en trempant un gros bout de pain au noix dans le jaune d'oeuf, tandis que Manu et Elias restent encore songeurs devant leurs cantines. Un sms de Marcel arrive à ce moment là : « je suis perplexe », écrit prudemment le rédac-chef, tandis que Danielle Godmiche ironise : « La voiture blanche serait devenue rouge ?»...

Malgré ce début de retournement, Elias sent bien que, dès le lendemain, ce sera à nouveau l'halali au boulot quand on apprendra qu'Olga est retenue par la police de Mitzpé Ramon.

Même leurs amis les plus proches, leurs plus fidèles alliés tourneront casaque, c'est sûr. Le couple le plus glamour de la chaine, impliqué dans une affaire criminelle ça voudra dire placard ou chômage pour tous les deux. Pour éviter ce désastre, il faut qu'elle soit libérée avant le lendemain, dimanche, jour de reprise. Mais Elias a beau brûler des millions de neurones/seconde à chercher une solution, il ne raisonne pas en connaissance de cause. Il n'a pas tous les éléments en main, vu qu'il ne sait rien des 20.000 shekels qu'elle a soutirés à Kirzenbaum. Il croit encore que c'est juste avec l'argent qu'il a récupéré à la bijouterie de Dizengoff, qu'elle est partie pour Mitzpé Ramon. Mais alors, à quel titre ont-elles pu être interpelées toutes les deux ? Pas pour être en possession de cette petite somme, quand même ? Et si ce n'est pour ça, pour quoi d'autre alors ? D'un autre côté, il ne peut pas appeler les flics de Mitzpé Ramon ; pas lui. Son implication dans l'affaire est trop grande. Pourquoi pas Manu ? Ou mieux encore : Danielle Godmiche. Journaliste, ça le fait. Et Danielle s'y entend comme personne pour tirer les vers du nez aux gens qu'elle interviewe avec le tact d'une fée. Elle saura bien faire cracher le morceau, aux poulets de Mitzpé Ramon sans avoir l'air d'y toucher.

En attendant qu'elle ne rappelle, Elias et Manu laissent refroidir leur chakchouka, tandis que Yoni finit de saucer la sienne et commence à lorgner la leur. Ce n'est pas qu'il s'en foute du sort d'Olga et Juliette, mais disons que l'anxiété ne lui coupe pas l'appétit : « Prend la mienne » lui dit Elias, et Yoni ne se le fait pas dire deux fois. Il tire à lui la cantine d'Elias et vas-y, deuxième chakchouka. Il baffre comme si de rien n'était.

Danielle Godmiche rappelle enfin, pour confirmer les mauvaises nouvelles. A savoir qu'Olga est en état d'arrestation, tandis que Juliette pourrait être libérée dans les heures à venir. Danielle apprend aussi à Elias qu'Olga transportait dans son sac

27000 shekels, et pas 7000 comme il croyait, et que cet argent proviendrait de l'ONG Tag Chalom :

– Mais les flics attendent que l'ONG confirme avoir remis cet argent à Olga, pour décider de ce qu'ils vont faire d'elle. Ils la soupçonnent aussi de mentir sur votre relation, lui apprend-elle aussi.

– Tu peux contacter Kirzenbaum, s'il te plaît Danielle ? demande Elias aux abois.

– Bien sûr, je fais ça tout de suite, promet-elle.

– Arrête de bouffer, merde ! hurle-t-il à Yoni, en raccrochant.

– Mais quoi, ça va être froid ! se défend Yoni.

– Il lui faut un avocat, lâche Manu.

– C'est quoi la loi sur la garde à vue en Israël ?

– J'en sais rien, appelle Diabolo. Il doit savoir.

– Appelle le toi, moi hein j'ai coupé les ponts…

– Je vous attends, répond Diabolo.

CHAPITRE 23

Elias et Manu partent pour le Kerem en vélo électrique, tandis que Yoni reste au Flo 10 pour finir sa deuxième chakchouka... avant de s'en prendre probablement à celle de Manu : « je vous rejoins ! » prétend-il néanmoins.

A shabbat ça roule bien, et ils sont rendus en cinq minutes. Diabolo les accueille tout sourire sur la terrasse, comme si ce drame avait pour lui le goût de l'ordinaire : « T'en fais pas Elias, on va la sortir de là, la petite », fait-il patelin, en servant le café. La belle Dina monte leur dire bonjour puis elle va promener sa chienne à la plage, et ils restent entre mecs au soleil.

– Elle habite toujours chez toi ? demande Manu :

– On vit ensemble, prétend encore Diabolo. D'ailleurs je vous réserve la primeur de l'annonce : on se marie début Juin à Rome...

– Mazel Tov, fait Manu, même si c'est du pipeau.

Mais l'amitié avec Diabolo exige qu'on adhère à toutes ses affabulations, faute de quoi on le violente trop. C'est très subtil comme attitude, mais en même temps c'est juste un pli à prendre. Une indulgence à avoir. Diabolo a un besoin éperdu de reconnaissance, et il suffit de le conforter dans l'idée que toutes les femmes sont folles de lui, pour arriver à le supporter. Sauf que, à peine Dina a quitté la terrasse, on entend une autre femme l'appeler de sa chambre : «Chériiii ! Mon café s'il te plait !... » .

Pris de cours et contrarié, Diabolo se lève précipitamment, va faire taire l'importune, puis il revient comme si de rien n'était :

– Mon avocat va pas tarder, annonce-t-il. Ça me fait tellement plaisir de te revoir Elias…

– Et moi, je sens le pâté ? ronchonne Manu, pour détendre l'atmosphère.

Se retrouver tous les trois les rend un peu nostalgiques de leur trio d'avant l'affaire, quand leur vie n'était que fiestas et noubas.

Une époque pas si ancienne que ça, pourtant. Qui s'est achevée juste deux mois avant. Ça y allait. Soirées de prince et soirées karaoké, avec beaucoup d'alcool et de filles. Elias remarque quand même que la boite de havanes a drôlement rapetissé depuis, et il s'inquiète :

– Ça va les affaires, Diabo ?

– Impec, béni Soit-Il, répond le gros sans se démonter. On a déjà un million de clics/jour sur IBN, t'imagines ?... Puis, du coq à l'âne : « Dis donc Manu, t'as des nouvelles de Romy ?»

– Ça va moyen…

– Raconte…

– Ben elle a dû se faire opérer du dos. Elle avait super mal.

– C'est pour ça qu'elle est devenue méchante, si ça se trouve, plaisante Diabolo. Comme dans le dessin animé, tu sais. C'était quoi le titre déjà ?

– Tiboudou, ou un truc comme ça, non ? fait Manu. Ou Caribou?

– C'est pas Pikatchou ?

– Kirikou ! leur souffle Elias.

– Elle a la sécu en Israël, Romy ?

– Oui oui elle est à Maccabi, mais bon pour cette opération-là, il y a eu quand même un dépassement d'honoraires de trois mille shekels...

– Me dis pas que c'est toi qui a payé, ironise Diabolo.

– Bah !... fait Manu, fataliste.

Une grosse blonde en bigoudis et peignoir à fleurs, sort alors de la chambre de Diabolo et vient s'affaler sur ses genoux toute énamourée : « voilà mon amie Louisa, de Neufchâtel », lance-t-il très gêné tandis que la blondasse se colle à lui en le siphonnant de baisers dans le cou, et pas juste des petits bisous d'amis, hein ! Plutôt des suçons riches en gémissements et en râles : « s'il te plaît chérie, on travaille, là », gronde Diabolo en la repoussant d'abord gentiment, puis assez sèchement pour qu'elle roule jusqu'au bord de l'escalier : « je lui ai cédé ma chambre », prétend-il à voix basse, quand elle a eu quitté la terrasse, et Manu hoche la tête très compréhensif comme c'est l'usage avec Diabolo, quand il s'enferre dans ses affabulations. Le téléphone d'Elias sonne à ce moment là. Danielle Godmiche lui apprend que Kirzenbaum a bien été contacté par la police de Mitzpé Ramon, mais qu'il a nié avoir remis une somme quelconque à Olga. Il a juste reconnu lui avoir acheté le cliché qu'il a publié pour vingt mille shekels.

– Tu lui as dit que c'était un montage ? demande Elias.

– Non, je voulais t'en parler avant. Tu veux que je le rappelle pour lui dire ?

– Surtout pas ! C'est moi qui vais le contacter, merci Danielle t'es un amour.

– Je t'en prie, Eli... Tiens moi au courant, je suis soit à la maison soit à Banana Beach toute la journée.

– Vous vous rendez compte, les mecs ? fait alors Elias. Elle lui a soutiré 20.000 boules contre ce montage ? Elle est pas géniale, cette meuf ?... Répondez moi, quoi !

– Olga c'est le top, reconnaît Manu.

– La crème des crèmes, enchérit Diabo. Mais de quel montage vous parlez ? s'inquiète-t-il, et Elias lui montre le cliché :

– Tu vois le blond rougeaud en bermuda flashy ? Eh ben c'est toi, Diabo !..

– Mon droit à l'image est bafoué ! plaisante Diabolo. C'est quoi, cette connerie ?..

Elias lui explique la manoeuvre, et recommence à expliquer toute l'affaire à Jérémie Azencot, l'avocat de Diabolo qui arrive entretemps, avec sa belle gueule de noceur, mal réveillé et mal luné :

– Ici, la procédure est différente de la France, dit Jérémie. Ils fonctionnent à l'anglo-saxonne. Si Olga est incriminée, il faut qu'elle plaide coupable et alors la défense entre en négociation avec le juge...

– Mais elle est coupable de rien ! réplique Elias. Le coupable c'est moi !

– Et un peu moi aussi, ajoute de son côté Diabolo.

– On verra ça après. Mélangez pas tout, les mecs. Là, elle a été appréhendée avec une grosse somme d'argent dont l'origine est douteuse. On est d'accord ? fait Jérémie, et les trois autres approuvent. OK donc on s'en tient à ça et merci de m'offrir un café avant d'aller plus loin. Putain quel kif, ta terrasse Diabo ! , note-t-il dans le même élan, pour rompre avec le ton un peu docte de l'avocat.

– Non mais Jérémie, est-ce que ça veut dire qu'elle ne sera pas libérée ce soir ?... s'inquiète Elias.

— Elle peut l'être, comme ne pas l'être...

— Oh non ! Non non non ! hurle Elias. Je vais devenir dingue !

— Il est très amoureux, chuchote Diabolo à l'oreille de l'avocat en lui apportant un Nespresso.

— T'as une cuiller ou je touille avec ma queue ? fait Jérémie, mal embouché.

— Ça vient, maître ! réplique Diabolo aux petits soins, en lui tendant une cuiller.

— Bon ok, on fait quoi alors ? demande Elias un peu énervé par la trop grande légèreté de ton de l'avocat.

— J'appelle les flics, annonce Maître Azencot après avoir fini son café d'une seule gorgée. Je peux en avoir un autre, Diabo ? Merci...

Il sort son smartphone, trouve le numéro de la police de Mitzpé Ramon en deux secondes dans son fichier des commissariats et clique dessus. La conversation s'engage en hébreu. Jérémie se présente comme le défenseur d'Olga et Juliette, et s'entend confirmer ce qu'il sait déjà. Manu, Diabo et Elias sont suspendus à ses lèvres, bien qu'Elias soit le seul à comprendre 100% de ce que dit Jérémie :

— Pour démontrer que la provenance de cet argent est frauduleuse, vous devez confronter mes clientes à Monsieur Kirzenbaum qui le leur a remis. Or vous vous contentez d'interroger le principal suspect de l'affaire au téléphone, et vous le croyez sur parole, tandis que vous nous maintenez en garde à vue. Je conteste l'équité de votre investigation, je demande la libération immédiate de mes deux clientes, balance Jérémie, comme un coup de poker, joué à deux cents kilomètres de distance.

— Vous la contesterez devant le juge, se contente de répondre le policier, et Jérémy finit par raccrocher.

– Résultat des courses : le dossier sera présenté au juge demain matin pour demander l'incrimination d'Olga, ou la prolongation de sa garde à vue, et Juliette va être libérée d'ici ce soir. J'ai demandé que l'audience n'ai pas lieu avant midi pour que j'ai le temps d'y aller demain.

–Je vais devenir dingue !!! Dingue ! glapit Elias.

–Calmons nous, et occupons nous plutôt de Kirzenbaum, suggère Diabolo. Tu as son numéro, Elias ?

– Qu'est-ce que tu vas en faire ? s'inquiète Jérémie.

– Lui envoyer ma photo, répond Diabolo à la légère.

– Arrête tes conneries, fait l'avocat. Attendons l'audience de demain pour décider. Lui, on va le niquer juste après…

CHAPITRE 24

Libérée vers 16h, Juliette rentre à Tel Aviv par le premier bus en partance après shabbat. Elle aurait préféré revenir en coupé Audi comme à l'aller, et comme on revient de week-end, crevée mais pêchue, tandis que là elle rentre triste et défaite, sans même avoir eu la possibilité d'embrasser Olga avant de quitter le commissariat. Même pas s'ils l'ont laissé lui faire un petit signe de la main, et ça lui a brisé le coeur. Juste au moment où elle commençait à l'aimer ; à la trouver tellement fraiche et attachante! Mais les flics les ont séparées sans ménagement pour qu'elles ne communiquent pas pendant les interrogatoires. Ces messieurs tuent les mouches au bazooka, c'est bien connu, et dans tous les pays c'est pareil. Les femmes flics c'est pire encore. Comment elles dramatisent des broutilles !...

Son téléphone sonne une première fois en appel masqué alors que le bus rentre dans Tel Aviv par Ayalon-nord, mais elle ne répond pas ; puis une deuxième fois, toujours en appel masqué, vers 22h45, alors qu'elle quitte la Takhana Merkazit suivie par deux soudanais très louches et certainement en rut aigu, puis une troisième avec le nom d'Elias qui s'affiche en clair cette fois sur son vieux Sony, tandis qu'elle arrive rue Lewinski.

– J'ai vu de la lumière. Tu es revenue ? Ils t'ont libérée ?

– J'arrive à l'instant, répond-elle.

– Et Olga ? demande Elias.

– Ils la gardent à vue, je crois…

– Comment ça « tu crois » ? fait-il, en se retenant mal de crier.

– Pourquoi tu ne m'as pas dit que tu avais des ennuis avec la police ? lui demande Juliette de but en blanc. Tu crois que j'aurais pas été capable de t'aider ?

– Mais de quoi tu parles ? rétorque Elias de mauvaise foi. Et m'aider à quoi ? T'arrêtes un peu de refaire tout le temps l'histoire ?

– OK tant pis, je suis fatiguée là. Je me couche, Elias. Bonne nuit…

– Attends Juliette ! Attends, quoi ! crie Elias dans le vide.

Il regarde un instant son téléphone, comme font les acteurs dans les scènes où on se raccroche au nez, puis il descend frapper chez elle. Comme elle ne répond pas, il frappe plus fort encore, il tambourine et cogne de toutes ses forces jusqu'à ce qu'un voisin alarmé ne sorte voir ce qui se passe. Du fond de son lit, Juliette entend alors les cris sur le palier et elle finit par aller ouvrir. Elias abandonne aussitôt l'engueulade en cours pour s'engouffrer chez elle très stressé :

– C'est quoi ce sadisme ?!... Pourquoi tu veux rien dire ?

– Qu'est-ce que tu veux savoir, au juste ?

– Eh ben comment vous avez été arrêtées quoi c'est quand même pas compliqué !

– En y allant, dans le sentier voilà quoi, lui répond évasivement Juliette. On est tombées sur des flics et puis moi j'étais pas au courant de l'affaire alors forcément on s'est contredites et puis Ça a merdé quoi…

– C'est-à-dire ?

– Eh ben ils ont vu qu'on n'était pas claires, qu'on avait beaucoup d'argent dans la bagnole, alors ils ont été consulter leur base, et là, la pauvre Olga a commencé à s'emmêler les pinceaux...

– Elle a dit quoi ?

– Ils ont vu qu'elle bossait à H24 alors ils lui ont demandé si elle te connaissait et elle a dit : c'est juste un collègue. Et moi j'ai pas pu m'empêcher de sursauter...

Elias s'affaisse sur la banquette la tête dans les mains, indifférent à la fête que lui fait le chat Jean-Pierre en mordillant son jeans : « Oh non non non ! répète-t-il vingt fois. Je peux pas supporter qu'elle soit captive à cause de moi... Olga tu comprends, c'est la lumière de ma vie... Si elle est pas avec moi, je m'éteins. Tu peux comprendre ça, Juliette ?... Hein ? » fait-il dans un sanglot.

Juliette le laisse s'épancher tout en cherchant quelque chose à boire dans le frigo, mais ne trouve pas grand chose vu qu'elle ne s'est pas ravitaillée à l'AMPM de la rue Frenkel ce shabbat-là pour cause de départ matinal en week-end, et quel week-end de merde ! Elle en sort quand même une vieille canette de Goldstar qu'elle dispose sur la table basse entre deux verres.

– Si tu savais tout ce qu'elle a fait pour moi, poursuit Elias au bord des larmes...

– C'est quoi, le but de ta visite ? finit-elle par lui demander en essayant de rester raide alors qu'elle sent déjà un mol abandon la gagner.

– Comprends moi Juliette, c'est peut-être cruel ce que je te demande, mais tu es la dernière personne qui ait vu Olga et j'ai besoin que tu me parles encore d'elle... Dis moi qu'elle m'en veut pas... Dis moi qu'elle va s'en sortir, parce qu'autrement je vais mourir, tu comprends ? fait-il, en gardant la tête entre ses mains.

M'éteindre quoi. Fini. Terminé, le mec. Comme un con. Le bout du bout de la chandelle...

– Pourquoi tu ne vas pas te dénoncer ? lui suggère alors Juliette toujours glaciale en apparence et pourtant prête à tomber dans ses bras. Ça soulagerait vraiment ta conscience, Elias...

Là, Elias relève la tête sidéré et, les yeux dans les yeux, il lui répète le verbe se dénoncer plusieurs fois, comme on fait lorsqu'on veut qu'un mot perde de son sens pour n'être plus qu'un son :

– Tu veux que j'aille en taule, quoi... Que je perde mon job et le peu que j'ai obtenu...

– Tu préfères que d'autres paient pour toi ? lui rétorque Juliette. Les bédouins, Olga, what else ?..

-.... C'est comme ça que tu me vois ?

– Je me lève tôt demain... Je voudrais me recoucher.

– Hé ben vas-y! répond-il sans bouger, comme s'il n'avait pas l'intention de quitter les lieux : « vas-y, répète-t-il. Couche toi. Je vais rester là, sur la banquette », et Juliette prise de cours par sa provoc ne sait plus quelle attitude adopter.

Comment pourrait-elle dormir, avec Elias dans la même pièce, à portée de main ? Il sait si bien remuer le couteau dans sa plaie ; appuyer là où ça lui fait encore mal. Cet amour, ce désir, cette envie mise sous le boisseau, contenue comme un gaz depuis des mois, ne demandent qu'à jaillir d'elle. D'un autre côté, elle ne peut pas imaginer que la douleur sincère qu'il éprouve d'être séparé d'Olga, soit conciliable avec l'idée de se retrouver dans le même lit qu'elle ce soir là. Pas si vite! Pas déjà, quand même ! Mais pourquoi pas ? Elle sait bien qu'avec Elias tout est possible ; tous les retournements et toutes les hypothèses en principe inconciliables; tout ce qui peut choquer, voire scandaliser ; heurter et écœurer, même. D'ailleurs, serait-ce juste, injuste ou carrément dégueulasse qu'il passe la nuit avec elle, alors qu'Olga est enfermée seule dans une cellule à Mitzpé Ramon ? Dégueulasse vis à vis d'Olga, oui. Mais vis-à-vis d'elle ?.. Elle a tant souffert à cause de lui ! Ne lui doit-il pas une réparation ?

La nouveauté c'est que Juliette se sent désormais liée à Olga d'un lien très tendre, et promis à un bel avenir. Une vraie amitié de filles. Avoir vécu ce qu'elles ont vécu ensemble, ça ne s'oublie pas. Ça marque et ça laisse des traces, comme survivre à la guerre ou un naufrage. Il n'y a donc rien à attendre de la morale conventionnelle ; aucune solution à espérer des règles habituelles de la fidélité…

Juliette se remet au lit et éteint la lampe, laissant Elias assis sur la banquette dans l'obscurité. Mais un soupir d'angoisse lui échappe à l'idée qu'Olga puisse les voir tous les deux dans cette pièce, ou bien qu'elle l'apprenne un jour. Ça lui ferait tellement mal. Ce serait juste horrible.

– Pourquoi tu soupires ? lui demande Elias dans le noir. Tu penses à Olga ?

– Oui…

– Et tu penses quoi ?

– Rien, laisse-moi dormir, s'il te plaît…

Elle essaie encore de faire le vide en elle, enfin le vide ou quelque chose de ce genre-là, chasser les pensées parasites quoi, les envies et les fantasmes, en espérant sombrer dans le sommeil, mais ça ne marche pas. Elle veille et c'est la nuit et Elias est là, juste dans son dos. Elle l'entend pratiquement respirer. Elle a beau se tourner vers le mur, elle ne peut pas lutter contre l'envie qu'il vienne se coller à elle par derrière comme il aimait faire à l'aube jadis à Jéru, avant de se carapater pour plusieurs jours sans plus donner de nouvelles. Et puis elle est certaine qu'il ressent la même chose, qu'il a la même envie malgré l'angoisse et le chagrin où l'a plongé l'affaire. Dans ces moments-là, on voudrait pouvoir tout concilier par un coup de baguette magique ; avoir la mémoire du poisson rouge et ainsi ne se souvenir de rien ; satisfaire sa pulsion sans faire de tort à personne et sans souffrir, sans souvenirs et sans conséquence, au revoir et merci...

A quel moment va-t-il perdre toute décence et venir se glisser dans le lit ?

CHAPITRE 25

Le lendemain matin il arrive à 8h30 au boulot alors qu'il ne commence qu'une heure plus tard, et déboule directement dans le bureau de Marcel. Elias veut obtenir du rédac-chef qu'il le réintègre comme reporter, au motif qu'il a été placardisé injustement, sur la foi d'un fake. Il exige une réhabilitation en bonne et due forme, sans délai, et ce, avant qu'on n'apprenne qu'Olga est en garde à vue. Comme elle commence à 15h le dimanche, Elias espère créer une situation irréversible s'il parvient à ses fins avant qu'on ne constate l'absence de sa chérie, puis son arrestation. Or Marcel est déjà au courant, et lui balance froidement : « Attendons d'abord qu'Olga soit libérée, OK ?.. Tu as chargé un avocat de sa défense ? ».

Ecœuré, Elias quitte le bureau en claquant la porte et regagne son poste de travail en régie. A chaque poignée de main mollassonne d'un collègue, il se sent plus abandonné encore. Seule Danielle Godmiche lui fait un hug plein d'effusions. Il se met dans un coin et appelle Diabolo : « on est en route, lui annonce le gros. Jérémie va te la ramener, ta chérie. Te bile pas ! », et ça c'est formidable avec les voyous. Ils ne s'économisent pas, eux ; ne jugent ni ne préjugent, toujours prêts à vous donner l'air qui vous manque pour respirer ; les dix centimes d'appoint pour faire un compte rond. Tel Aviv - Mitzpé Ramon en Cinquecento même customisée, et même climatisée, il faut déjà le faire quand on n'est pas obligé ! Mais Diabo n'a pas besoin d'être de la haute, pour la noblesse des sentiments. Son vilain surpoids ne l'empêche pas d'être un aristo du coeur.

En attendant que Jérémie ne ressorte du tribunal avec Olga, il reste tranquillement dans la voiture, à tirer sur un Cohiba en écoutant l'intégrale de Sardou ... :

« Madame le Juge, nous avons arrêté Mlle Olga Picard que voici, en possession d'une importante somme d'argent qu'elle a justifiée comme un prétendu don de l'ONG Tag Chalom à l'intention de la famille Khaldoun » , commence par dire le policier chargé du dossier devant la magistrate impassible de Mitzpé Ramon. « Nous avons pu constater également que la prévenue mentait sur ses relations personnelles avec Elias Benzaquen, impliqué dans une affaire contre deux membres de la famille Khaldoun » ...

Le but du flic est d'obtenir la prolongation de la garde à vue, pour avoir le temps de démontrer le lien entre cet argent et l'affaire des deux bédouins, mais surtout le lien personnel entre Olga et Elias. Il parle donc d'éléments tendant à prouver qu'il y a une «tentative de subornation de témoins », déjà les grands mots donc, et son exposé ne néglige aucun détail de l'affaire tandis qu'Olga écoute attentivement la traduction simultanée, sur le banc des prévenus. Elle a les mêmes vêtements que la veille, le même maquillage, et néanmoins la même fraîcheur malgré 24 heures de garde à vue sans pouvoir se laver ni même se brosser les dents. C'est une perle, cette fille ; la grâce tombée dans les griffes de la loi. Jérémy a pu discuter avec elle cinq minutes avant l'audience, et l'a trouvée vraiment canon mais aussi très détachée ; bizarrement distante, un peu comme si elle était en reportage au tribunal et pas soupçonnée de délits assez graves ; pas personnellement impliquée, quoi ; journaliste jusqu'à la moelle, pas du tout justiciable. Il lui a posé deux ou trois questions sur les circonstances de son arrestation, auxquelles elle a répondu avec précision, bien qu'elle ait eu l'air davantage intéressée par le petit mot d'amour que lui a fait porter Elias, que par la stratégie de l'avocat. Un billet doux dans lequel son amant lui demande pardon de l'avoir laissé partir pour cette piteuse équipée, et lui promet qu'à son retour ils iront tous les deux à Venise quelques jours pour oublier tout ça…

Après le flic, l'avocat vient à la barre : « Madame la Juge, déclare Jérémie, ma cliente n'a commis ni crime ni délit, et aucune loi israélienne n'interdit de transporter la somme d'argent qu'on lui reproche d'avoir transportée. On ne comprend donc pas où veut en venir la police. La maintenir en garde à vue n'apporterait rien à l'enquête puisque tous les éléments du dossier sont connus. Olga est d'ailleurs prête à une confrontation avec le généreux donateur qui lui a remis cet argent, mais la police n'a pas inquiété ce monsieur. Ma cliente a du reste toutes les garanties de représentation nécessaires à sa remise en liberté : aucun antécédent, un salaire et un emploi stables. Je prie donc le tribunal de rejeter la demande de la police »…

Mais la juge refuse de libérer Olga. Elle accorde trois jours de garde à vue supplémentaires aux flics, et l'audience est levée.

Jérémie rejoint Diabolo dans la Cinquecento, et ils repartent bredouilles pour Tel Aviv. Diabolo est déçu, mais Jérémy lui, l'a mauvaise. Il s'y voyait déjà ; se la pétait d'avance, libérant la belle captive en deux coups de cuiller à pot et dînant avec elle le soir même à la Cantina ou La Brasserie d'Ibn Gavirol. Or, comme il dit élégamment :

– Là, je peux me mettre un doigt dans le cul …

— C'est la meuf d'Elias, t'as aucune chance. Même moi je ne…, commence à dire Diabolo.

— Même toi quoi ? rétorque Jérémie agacé.

— Tu sais bien qu'aucune femme ne me résiste … Tiens, quand on parle du loup …

L'appel d'Elias met fin au combat de coqs qui s'annonce :

— …. Les nouvelles sont très moyennes hein, autant te le dire, annonce d'emblée Diabolo. Ils la gardent trois jours de plus… Mais rassure toi, les flics n'ont rien dans les mains et Jérémie s'est battu comme un lion… Tu l'aurais vu… Un vrai ténor, le mec !... Ça tremblait sous les lambris, je t'assure. Enfin y a pas de lambris à Mitspé Ramon, c'est juste une image mais bon il a du coffre, je te jure.

— Je vais mourir ! hurle Elias.

— On reviendra la chercher jeudi…

— Je vais mourir ! répète Elias.

— Pas avant jeudi, s'il te plaît ! ironise Diabo.

— Dis lui que je vais attaquer Kiezenbaum en diffamation, lui souffle Jérémie.

— T'as entendu, Elias ? Jérémie va niquer le Kiki en diffam…, plaisante Diabo.

Mais Elias ayant déjà raccroché, n'a pas entendu la blague. Et puis ça ne change rien à son flip. Le stratagème d'Olga n'a pas modifié la situation sinon en pire : malgré la publication du faux, elle est maintenue captive, et lui, encore plus marginalisé à H24 tandis que Kirzenbaum coule des jours tranquilles sur son blog. Il y a vraiment de quoi croire à la prédestination, au fatum, au malheur écrit dans le ciel. Que, même un beau geste d'amour comme celui d'Olga, ait des effets aussi pervers, aussi dévastateurs, c'est à se croire maudit.

Toute sa matinée passe en bourdes, la tête ailleurs. Il actionne distraitement sa console sans réfléchir à ce qu'il fait, avec notamment des gros plans qui durent une minute entière pendant un débat, la caméra fixée sur un intervenant qui écoute en se curant le nez tandis que celui qui parle n'est même pas filmé... Marcel finit par débouler dans la régie pourvoir ce qui se passe, et une violente prise de bec s'ensuit :

– Tu perds complètement la boule, Elias...

– Un faussaire m'accuse et vous prenez son parti ! Olga est en taule, et vous ne faites même pas intervenir l'ambassade ! Vous attendez quoi au juste ? Qu'on crève, elle et moi ?! Vous voulez notre peau ? C'est ça ?!! rétorque Elias, tout en sachant qu'il joue son vatout dans cette dramatisation. Car ça peut mal finir pour lui; être carrément foutu dehors après un tel esclandre, c'est possible. Mais c'est aussi le bon moyen de secouer les collègues ; forcer les gens à prendre parti, les camps à se dessiner. Elias sait créer des clivages, et des situations tranchées. Ainsi Danielle Godmiche finit-elle par dire :

– On ne peut quand même pas laisser publier des conneries sur Elias sans réagir, Marcel. Son honneur, c'est aussi l'honneur de la chaîne !

– Mais notre avocat étudie le dossier ! proteste Marcel.

– Oui mais en attendant, Elias est sanctionné sur la base d'un fake, et c'est pas normal !, dit quelqu'un d'autre.

– En plus on fait le black out sur Olga ! ajoute un troisième.

– Ok ok, répond Marcel sentant monter la fronde. Je m'engage à clarifier la situation d'ici ce soir. Et attendant, je prends sur moi qu'Elias réintègre la news room dès demain, décide encore à chaud le rédac-chef.

Du même coup la tension retombe, et Elias goûte enfin à un peu de paix intérieure. Pourtant, Marcel connaît le dossier à fond. Il sait que ce n'est pas si simple, et que ni Elias ni Olga ne sont blancs-bleus. Mais il faut sauver la boutique ; faire front, pour que la machine continue à tourner. Heureusement que pour l'instant, les médias israéliens ne s'intéressent pas à l'affaire. Ça lui laisse les coudées plus franches. Même Kirzenbaum a laissé tomber, sans doute de peur d'être accusé à son tour. Après le boulot, Elias se précipite au Kerem sans plus prendre aucune précaution. Il a soif d'entendre parler d'Olga, et Diabolo ne se fait pas prier pour combler son attente, prétendant avoir assisté à l'audience et embellissant le tableau à souhait. Inventer, fabuler, bidonner pour faire plaisir, c'est son truc. Pas besoin de lui forcer la main, Diabo :

– T'sais, elle était magnifique sur le banc, avec son beau port de tête, et ses cheveux tressés... T'as du bol crois moi d'avoir une meuf comme ça... Elle me voyait d'un peu loin mais elle formait un cœur en joignant ses deux mains, tu vois, pour que je te fasse la commission et sur un papier elle avait écrit au marqueur « Elias je t'aime ». La juge lui a même demandé d'être un peu plus discrète, tu vois l'ambiance, mais c'est dingue ce qu'elle t'a dans la peau je te jure. Et t'aurais vu Jérémie... Il a été parfait, c'est un mensch crois moi...

– Il est pas trop cher au moins ? J'ose pas parler de fric avec lui...

– T'en faip, on est en compte...

– J'ai envie de lancer le freezbee, dit tout à coup Elias.

– Du frizbee, c'est nouveau ça !...

– Viens, on va à la plage faire une petite partie...

Ils vont à pied à Banana Beach qui se trouve à deux pas, Diabolo trainant sa masse derrière Elias qui fonce. Le dimanche en fin d'après-midi, il y a très peu de monde sur le sable, et c'est le moment idéal pour jouer un peu, juste avant le coucher du soleil. Ça change de la vie à Paris, 14 kilomètres de plage à dispo toute l'année. Pour une ville comme Tel Aviv, ce rivage est même d'une longueur disproportionnée, mais il exerce surtout une grande attraction sur les immigrants français qu'on voit arpenter la Tayelette à pied ou à vélo, sans nécessité donc, juste pour jeter un coup d'œil au café de Banana, comme quand on est ado ou en vacances, voir si personne ne traîne dans le coin, ou comme des réminiscences de la vie en Afrique du Nord jadis, Kherredine et La Marsa, la méditerranée, la peau mate des filles, les copains. Banana Beach est une des dernières plages de Tel Aviv avant Yafo. Elle précède entre autres Blue Bird, la plage des surfers, et on la reconnaît non seulement à ses transats verts et ses parasols jaunes, mais aussi à ses bandes de français de tous âges, fraichement débarqués. On trouve aussi pas mal de français sur la plage Gordon, dans l'autre sens, vers le nord, là où les aménagements de la Tayelette font bizarrement penser à Edward Hopper, dieu sait pourquoi d'ailleurs, vu les promontoires lattés de parquet et les bancs publics en pierre lisse comme du marbre qui n'ont rien à voir avec l'univers et les formes du peintre américain, n'empêche que ça fait penser à Hopper, certainement à cause de la géométrie ou à cause de l'épure, va savoir à cause de quoi au juste, bref Elias s'apprête à lancer le frizbee, lorsqu'il reçoit un selfi de Juliette avec des petits cœurs roses, et son envie de jouer faiblit immédiatement dans un mélange de découragement et d'excitation, de honte et de remord. Puis un deuxième message, juste en deux mots : « ce soir?.. ». Elle veut remettre ça, c'est clair; ne veut pas admettre que ce fut un moment d'égarement, la veille; juste une crise de folie passagère comme la fois d'avant, due à son angoisse d'être privée d'Olga. Alors Elias s'assoit sur le sable, sans plus aucune envie de jouer, en se disant bon sang pourquoi je me fous dans la merde tout seul ? Pourquoi je suis gouverné par mon zgag ? Et pourquoi je l'ai baisée sans capote ?..

Pas mécontent que la partie s'arrête avant d'avoir commencé, Diabolo le rejoint, un peu inquiet quand même de le voir dans cet état :

– Bad news ? fait-il sobrement :

– J'en ai tellement marre de mes conneries, Diabo... Tellement marre tu vois...

– Te fais pas de mal, ça va s'arranger. Ça s'arrange toujours.

– Aide moi Gérard, je vais droit dans le mur. S'il te plait donne moi un conseil...

– C'est quoi ta dernière connerie en date ?

– J'ai re-couché avec Juliette hier soir...

– Là, t'as droit à la Carte Premium ! fait Diabolo, toujours à la légère.

– Sans capote, précise Elias...

– Allons boire un coup, tiens...

Un trio de mécontents déboule à ce moment-là au café de Banana, l'air mauvais, plein d'agressivité frontale envers Diabolo. Ce sont des jeunes types qu'il a engagés comme journalistes à IBN malgré leur français approximatif, mais qu'il n'a pas payés le mois d'avant, les caisses étant à peu près vides. La période faste de Diabolo est révolue, Elias l'avait bien compris en voyant la boite de havanes réduite à sa plus simple expression, la veille. IBN n'a rien rapporté à ce jour et coûté bien plus que prévu, mais ces trois petits gars s'en foutent. Et ils sont en pétards. Eux, si pleins de respect pour le boss d'habitude, et de sollicitude, les voici à couteaux tirés.

C'est qu'ils se voyaient déjà journalistes-vedettes, les gars ; PPDA, FOG, BHL, leurs patronymes contractés en acronymes universellement connus, et croyaient tellement en Diabo comme patron de presse !.. Grande est leur désillusion, mauvaise leur amertume :

— Je veux mon salaire ! fait l'un.

— Tu nous en dois un max ! fait l'autre, en se frottant le pouce contre l'index.

— OK les gars, réplique Diabo. J'ai eu un petit problème de trésorerie, mais ça sera réglé la semaine prochaine.

— Quel jour ?! demande le troisième.

— Lundi ou mardi, répond Diabolo. Voilà 1000 boules chacun, et le reste la semaine pro. Mais n'oubliez pas la séance de mise à jour, vendredi matin...

— Séance de quoi ? font-ils en chœur en recomptant les billets.

— Alphabétisation accélérée, pardi !

— Hein ? Tu nous prends pour des teubés ou quoi ?

— Va falloir réviser ! insiste Diabolo toujours pince-sans-rire. Orthographe, grammaire, ponctuation et tout le barda..., et les trois cloches repartent furieux, en donnant des coups de pieds dans le vide.

Il n'y a plus moyen de se cacher derrière son petit doigt, Diabolo va tout droit à la faillite. Mais il porte encore haut son optimisme naturel. Il est ainsi fait. Il rêve sa vie comme une rock star. Au fond je ne suis qu'une deuxième épouse, se plaint Juliette, de son côté, en posant sa tête sur l'épaule de Manu qui passe à ce moment là par Moins de Mille.

— Viens boire un coup, lui propose Manu.

Ils s'assoient à l'Oudna, en face de la galerie, et commandent deux verres de Chardonnay. C'est le café le plus déglingué de Florentine, l'Oudna : que des tables bancales et des chaises à trois pieds mais il a son charme, juste en face de la favela. Pendant les grandes compétitions de foot comme le Mondial, toute la hype de Tel Aviv s'y retrouve devant des écrans géants. Le vendredi soir aussi il est plein, et son trottoir déborde. C'est un vestige du Tel Aviv primitif ; une breloque des années 70 avec la belle liberté qui régnait partout en ce temps-là, avant que la spéculation ne prenne en main la ville : « A Olga les grands sentiments et les grands projets, à moi les coups en douce, soupire Juliette. Et la clandestinité en prime. Ça me dégoûte mais... ».

Impossible d'aligner trois phrases d'affilée sans qu'on ne vienne l'interrompre, lui faire un hug, lui parler travail, lui demander rendez-vous, et elle répond à tous avec une vraie gentillesse. Pourtant, dieu sait si elle a la tête ailleurs. Et puis l'art contemporain, elle aime bien mais au fond elle s'en fout. Elle a étudié la muséologie, pas le marché. C'est peut-être pour ça qu'elle a réussi aussi vite à Tel Aviv. Son détachement, mélangé à cette attention sincère aux œuvres et aux artistes, attire à elle les bons peintres et les gens bien. Et l'argent commence à couler à flots dans ses poches, car son patron l'a intéressée depuis peu à chaque vente, de peur qu'elle n'aille offrir ses services à d'autres.

– Je peux dormir chez toi, ce soir ? demande Elias.

– Ben oui, mais pourquoi faire ? s'étonne Diabolo.

– Parce que si je suis chez toi, je cèderai pas à la tentation de descendre chez elle...

– Je peux dormir chez toi ce soir ? demande également de son côté Juliette à Manu.

– Bien sûr, mais pourquoi faire ?

— Je ne veux plus céder à Elias tant qu'il n'a pas clarifié la situation, répond-elle. Si je reste chez moi, il viendra, et je cèderai à nouveau...

CHAPITRE 26

Diabolo improvise un dîner à quatre sur la terrasse, juste avec Elias, Dina et Jonathan Simsem, son fidèle assistant, mais le téléphone n'arrête pas de sonner et d'autres amis commencent à débarquer à leur tour au Kerem. Amis, c'est peut-être un grand mot. Pique-assiette serait plus juste et parasite sans doute trop fort, mais ne chipotons pas. Impossible de rester en petit comité même aux moments les plus graves comme ce soir là. A Tel Aviv, la règle d'or c'est que plus on est de fous plus on rit. Diabolo tenant en plus à recevoir toujours grand seigneur, sans rien laisser paraître de sa mauvaise passe financière, Jonathan Simsem puise dans les réserves de sorbets et fruits secs, râcle les tiroirs d'amuse-gueule-chips-apéri-cubes, décongelant les réserves de pâtisseries et petit fours, commandant pizzas et suchis à crédit, montant les dernières bouteilles de champagne et réachalandant la boite de havanes en petits Cohibas à mesure qu'elle se vide, comme le tonneau des Danaïdes. On se retrouve ainsi une bonne quinzaine, quelqu'un met en route le Boze et le petit dîner au calme entre amis tourne en nouba sur le toit, typique des soirées telaviviennes...

Remise de son opération au dos, Romy Schneider passe également dire bonjour et, du coup, Diabolo se sent obligé d'alerter Manu, sans lui préciser qu'Elias aussi se trouve chez lui ce soir là. Ça va tellement de soi !... Quand il y a Diabo, il y a forcément Elias, et là où il y a Elias il y a Manu à coup sûr.

Seulement Manu étant resté sur l'idée dépassée qu'Elias et Diabo ne se voient carrément plus, ou alors exceptionnellement comme la veille, il emmène Juliette avec lui et c'est ainsi qu'Elias et elle, tombent nez à nez malgré leur stratagème respectif pour s'éviter. Tout ça pour ça...

Elias quitte aussitôt la soirée, sans même dire au revoir. En pétards. Les voir ensemble, ça le rend dingue. Littéralement furieux. Pourquoi Manu ne veut-il pas comprendre ? Faudra-t-il qu'il cesse de le voir, pour en finir ? Son meilleur ami, bon sang ! Perdre son temps avec Juliette sans même l'espoir de la sauter, c'est pas tordu, ça ?..

Elle, par contre, d'humeur égale en apparence, prend en pleine poire cette nouvelle volte face. Qu'Elias fiche le camp dès qu'il la voit, alors que la nuit d'avant il jouissait en elle, dans son lit, dans ses bras, ça la violente trop ; l'envie de le poignarder la submerge à nouveau. Elle a besoin de s'appuyer sur Manu pour s'apaiser un peu. Si seulement il pouvait avoir trente ans de moins, Manu! Et si seulement elle pouvait avoir non pas trente ans de plus, ni de moins d'ailleurs, mais si seulement elle était un peu plus aventurière ! Elle oublierait leur différence d'âge, et se laisserait aller juste à ses sentiments pour lui. Elle en oublierait plus facilement Elias, si elle était avec Manu. Mais le modèle obsédant de sa sœur Mathilde en mater familias lui met la pression, tandis qu'elle se bat pour ne pas reproduire fidèlement le contremodèle de sa mère, la grande amoureuse puérile. Créer une famille, cesser de lambiner à Florentine, faire ses adieux à la jeunesse, voilà ce que veut Juliette de toutes ses forces, tout en aimant cette vie-là de tout son cœur. Les plages et le vin blanc, la bohème et la nuit...

Romy aussi s'impatiente de voir que Manu ne quitte pas Juliette d'une semelle au cours de la soirée, car elle aimerait lui parler d'un truc important. Mais Manu préfère l'éviter, voyant à peu près quel genre de truc important elle a en tête. Il ne sait pas exactement combien elle veut, mais il sait ce qu'elle veut !.. Et il en a tellement marre de raquer ! N'a-t-il pas assez payé sa folie d'un soir ? Entre le vélo électrique, son opération du dos et quelques autres babioles, elle l'a essoré ! Pour la première fois de sa vie il est à découvert. Il y a également laissé son œil gauche, qui ne voit toujours que des ombres. Que peut-elle lui vouloir de plus ?

Du coup il accompagne Juliette partout, même aux toilettes. Ils sont si intimes à présent... Romy finit quand même par le coincer et lui annoncer sa nouvelle servitude :

– Je loue mon appart en RB'nd B la semaine prochaine, lui dit-elle. Ça m'arrangerait de venir habiter chez toi. T'as quelque part où aller ?

– Ben non, répond Manu du tac au tac. Où veux-tu que j'aille?

– Eh ben débrouille toi ! fait-elle, définitivement odieuse.

– C'est toi qui vas te débrouiller !

– Ça, tu vas le regretter ! menace Romy.

Manu s'éloigne sur un haussement d'épaules. Ras le bol de son chantage. Qu'elle porte plainte si elle veut. Et qu'elle aille au diable de toutes façons ! Heureusement, Juliette trouve un compromis en proposant à Romy d'habiter chez elle, plutôt que chez Manu, et l'affaire se conclut ainsi : Romy logera chez Juliette rue Lewinski, pendant que Juliette reviendra habiter chez Manu rue Abarbanel, comme avant, mais sans se cacher cette fois. Au grand jour enfin ! Et tant pis pour ce que dira Elias : « on peut quand même pas vivre en fonction de ses caprices », dit-elle à Manu. Ce marché arrange d'ailleurs Manu. Il aime Juliette tendrement, et sa présence à la maison l'enchante, même s'il est résigné à ne jamais être son amant. A moins que?.. Qui sait si un jour elle ne se rendra pas compte qu'elle l'aime aussi...

CHAPITRE 27

Ce soir-là, Elias erre sans but entre le Cofix et Allenby, tourmenté par la seule question qui vaille désormais : faudra-t-il qu'il se dénonce, pour faire libérer Olga ?

Si à la prochaine audience, la juge ne la relâche pas, il n'aura pas d'autre solution que d'aller tout avouer à la police de Nétivot chargée de l'enquête ; passer aux aveux et assumer seul la conséquence de ses actes. En pensée il se prépare à cette perspective sinistre, et c'est difficile ; ça demande du cortex ! Il n'avait pas imaginé que son alya passerait par la case judiciaire, mais en Israël tout peut arriver. Il a commis une arnaque et a envoyé deux pauvres gars en taule, ça ne peut pas rester en l'état. Lui c'est un amoureux et eux des criminels, d'accord. Mais quand même. Leurs casiers judiciaires est parait-il déjà bien garni, d'accord aussi. N'empêche qu'il les a arnaqués et que ce sont eux les victimes. Ils auraient pu l'égorger, mais il a eu de la chance et en a réchappé. Il doit rendre quelque chose de cette chance ; ne pas être juste chanceux mais chanceux et juste. La tentative d'Olga de remettre un peu de justice dans cette affaire, ayant été un échec, c'est sans doute que ce n'était pas non plus la bonne solution.

Autre question : comment reconnaître sa faute sans impliquer Diabolo ? Jérémie Azencot lui a conseillé de patienter jusqu'à la prochaine audience d'Olga, avant de décider quel récit livrer aux flics, mais cette attente devient trop longue. Trop anxiogène aussi.

Son téléphone sonne alors qu'il entre dans un bar très bruyant de la rue Nahalat Benyamin, adossé au Shouk. Un appel de France. Le père d'Olga s'inquiète de n'avoir pas de nouvelles de sa fille depuis trois jours, « ce qui n'arrive jamais ». Elias lui raconte qu'Olga a perdu son téléphone alors qu'elle était en reportage dans les Territoires, mais qu'elle récupèrera une puce d'ici deux jours et qu'elle le rappellera à ce moment là :

– Mais où est-elle, là, tout de suite, à l'instant ? insiste le papa.

– Elle dort, répond Elias sans se démonter. Elle fait la matinale, c'est pour ça qu'elle se couche tôt. Faut qu'elle soit debout à cinq heures...

– Réveillez là, s'il vous plait, demande le père.

– Non je ne peux pas faire ça, d'abord je suis dehors et...

- Qu'est-ce que vous faites dehors à cette heure ci ?, le coupe l'autre, sans gêne.

– Rien, répond Elias interloqué, avant de rajouter : je rentre chez moi... Mais c'est promis, je lui laisse un mot pour qu'elle vous rappelle de mon téléphone au réveil...

Le père d'Olga finit par raccrocher pas convaincu du tout, et Elias l'imagine débarquant à Tel Aviv en fin de semaine, pour constater que sa fille est gardée à vue dans le sud du pays. Ou carrément en taule. Un cauchemar. Pourvu qu'il n'ait pas à affronter une telle situation !.. Il préfèrerait être six pieds sous terre, que vivre un truc pareil.

Il commande un verre de Merlot et le boit lentement sans regarder la faune autour de lui. Pourtant, comme partout à Tel Aviv, dans ce bar il y a des jolies filles à la pelle, des bandes de filles, des grappes de filles, des montagnes de filles. Il y en a même une, quasiment collée à lui au bar, et il ne voit même pas qu'elle le dévore des yeux, malgré son décolleté Wonderbra et son lipstick vermillon qui lui fait comme un bulbe plein de vers luisants. Elle lui met alors la main sur la cuisse pour qu'il se rende compte de sa présence, et lui propose franchement la botte sauf que sa voix de forge la trahit. Un travelo ! Plutôt transsexuel d'ailleurs, mais de bon aloi, avec des attaches délicates et une bouche subtilement lippue, dessinée à la pointe fine, dirait-on. Miracle de la chirurgie esthétique. Prodige de la transmutation. Imiter la nature à ce point, quel talent quand même !

– Trois cents pour te sucer, cinq cents avec la douche, propose-t-il, ou propose-t-elle, sans façon...

– T'as encore ta queue ? demande Elias.

– Ça va pas ! Et puis d'abord j'en n'ai jamais eu ! prétend le trans. A peine un micro pénis...

– Et ton opération ? C'était quand ?

– T'es du Mossad ou quoi ?

– Mais non, on discute...

– Moi je bosse, salut !

D'ordinaire, Elias la suivrait ou l'entrainerait quelque part, à l'abri des regards, dans un hall d'immeuble de préférence, un parking ou un chantier, parce qu'il adore se mettre la tête à l'envers avec ce genre de mutant. Mais là, il laisse filer. Tout est devenu grave, on dirait. Fini de rire. Et puis cette relation clandestine avec Juliette !.. Poisseuse comme de la graisse à vélo. D'ailleurs, que lui veut-il au juste, puisqu'il ne veut plus d'elle depuis longtemps ? Admettons que je sois dingue, se dit Elias. Et pourquoi j'écris pas tout ça, au lieu de trainer comme un con de bar en bar ? Pourquoi je me lance pas dans mon roman, au lieu de prendre des notes à n'en plus finir ? Qui dit que je suis un écrivain, d'ailleurs ? Tant que j'ai eu faim, je trouvais la force d'écrire, même de simples notes. Maintenant que je mange à ma faim, je suis sec. Faut que je retrouve cette sensation de ventre creux, se promet-il. Faut que j'ai les crocs !

Un SMS en hébreu tinte alors sur son portable. Les flics du commissariat de l'avenue Dizengoff veulent l'entendre « pour affaire vous concernant ». Mais quelle affaire ? Il réveille Jérémie Azencot pour prendre conseil.

– T'y vas ! lui répond fermement l'avocat.

– Tout de suite ?

– Le plus tôt possible !

CHAPITRE 28

Ils rentrent bras dessus-bras dessous en passant par la rue Pinès, puis la rue Shabbazi et finissent par grimper la rue Chlouche pour déboucher sur Derech Eilat, l'artère qui sépare Névé Tsédek-la-bobo de Florentine-la-bohême. En traversant Derech Yaffo, ils tombent dans la rue Abarbanel, très mal éclairée au début, avec ses bâtiments en pierre de Jérusalem aux ferronneries rouillées, émergeant difficilement de la pénombre, et qui rappellent toujours à Manu la Palestine sous mandat britannique, quand l'Etat d'Israël n'existait pas encore.

— Là, c'est vraiment un chromo de Palestine 1948, dit-il à Juliette. J'adore...

— Tu dis toujours ça quand on arrive ici, lui fait remarquer Juliette, comme s'ils formaient déjà un vieux couple.

— J'aurais tellement aimé avoir vingt ans à l'époque, entrer dans la Haganah ou l'Irgoun (10), faire le coup de feu...

— D'après toi, qu'est-ce qu'il me veut au juste, Elias ? demande alors Juliette du coq à l'âne.

— Je sais vraiment pas, répond distraitement Manu. Peut-être te sauter de temps en temps, juste comme ça...

Il ne sait pas comme il lui fait mal en répondant avec cette désinvolture, plongé qu'il est dans sa rêverie du temps jadis. Mais ça lui fait très mal, Juliette. Presqu'aussi mal que le brusque départ d'Elias de chez Diabo, en début de soirée. Je ne suis que son sex toy, se dit-elle. Un objet. Un trou. Et ça ranime en elle l'envie de lui planter un poignard dans le dos. Vingt coups de poignard, même.

– Excuse moi Jul, se rattrape Manu presque aussitôt en l'enlaçant. Je rêvassais…

– Pas grave, répond Juliette meurtrie.

– Les bandes vidéos montrent que tu as eu une relation disons personnelle avec Mme Elkaïm… Est-Ce que tu confirmes ? lui demande de son coté le policier du commissariat de Dizengoff.

– Oui enfin personnelle non, juste sexuelle oui, reconnaît Elias.

– En dehors de sa bijouterie, est-ce qu'il t'est arrivé de la rencontrer ?

– Ah non non, jamais, se défend-il. C'est venu comme ça, une seule fois c'est tout…

– Toujours d'après les caméras de surveillance, tu lui remets de l'argent en espèce…

– C'est elle qui m'a demandé des espèces, prétend Elias.

– Pour payer un bijou ?

– Oui oui, reconnaît-il.

– OK, fait le policier. Mais dans une autre bande vidéo, on voit qu'elle te donne de l'argent. Pour quelle raison ?

– Elle m'a remboursé le bijou, voilà…

– Donc vous vous êtes vus deux fois ?

– Oui deux fois, c'est juste…

– Pourquoi t'a-t-elle remboursé ?

– … En fait, ce bijou était destiné à une personne qui ne voulait plus avoir de enfin disons coucher voilà quoi qui ne m'aimait plus quoi…

– Qui ça ?

– Ma petite amie de l'époque…

– Qui c'est ? demande le flic.

– Elle s'appelle Olga Picard…

– Vous n'êtes plus ensemble ?

– Non non, répond Elias sans se démonter, utilisant habilement l'info que lui a donnée Juliette, selon laquelle Olga a raconté aux policiers de Mitzpé Ramon qu'il n'était pour elle qu'un collègue de travail.

– Tu peux me donner son numéro ?

– Tu vas quand même pas aller lui raconter que j'ai baisé la bijoutière ?…

– Non non, je veux juste vérifier que vous n'êtes plus ensemble.

– Quelle importance pour l'enquête ?

– Laisse moi en décider, répond le policier en se levant.

– Ok se résigne Elias, et il lui donne le numéro d'Olga.

– Attend moi là, je reviens…

Elias reste seul dans la pièce, à se demander comment il va desserrer ce nouvel étau ; nouvel et inexorable engrenage ! Même les deux petits coups tirés vite fait à la bijouterie, lui reviennent à la figure et l'accusent. Ça confirme qu'il n'y a plus rien d'anodin dans sa vie ; tout se lie et tout se ligue contre lui.

Il joue de malchance, cela dit. Quand on saute une vieille, on ne se demande pas si on est filmé ! On nique et on oublie. Comment imaginer qu'elle serait ensuite braquée par un homme masqué à l'accent français, et que les flics iraient fouiller dans les enregistrements de la caméra de surveillance ? Quelle guigne ! Se retrouver soupçonné dans une seconde affaire, alors qu'il ne se sort déjà pas de la première.

S'il ne craint pas d'être accusé durablement de braquage - encore que, sait-on jamais !.. - il peut quand même redouter que l'enquête ne fasse le lien entre le bijou, la garde à vue d'Olga, et l'arnaque dont il est réellement coupable. A coup sûr, le flic qui l'interroge doit essayer de joindre Olga. Il va tomber sur les collègues de Mitzpé Ramon et là, la messe sera dite. Mais le pire serait qu'Olga n'apprenne en plus qu'il a sauté la vieille bijoutière!.. Tout serait sans doute fini entre eux. La romance, les projets, le grand amour jeté au caniveau. Elle est si amoureuse, cela dit... Si éperdument amoureuse de lui ! Si engagée à ses côtés et si prête à tout pour l'innocenter ! Peut-être comprendra-t-elle que l'homme qu'elle aime est ainsi fait, mais c'est celui qu'elle aime. La malchance qui le poursuit peut aussi donner à une femme envie d'être sa compagne des mauvais jours ; se battre pour lui jusqu'à son dernier souffle. Il doit bien y avoir des tragédies grecques construites sur ce genre de fatum. Salauds de grecs qui ont détruit le premier temple de Jérusalem ! songe Elias dans le même temps. Enfin, pas exactement détruit mais pire encore : défiguré, perverti, démonisé, en construisant un gymnase juste dessous, pour que leur culte du corps et leurs éphèbes de merde s'imposent au peuple du livre...

Le policier revient dans la pièce quelques minutes plus tard et reprend sa place, assis derrière le bureau pour lui annoncer qu'il n'a pas pu joindre Olga, son téléphone étant sur messagerie. Elias pousse alors un imperceptible ouf de soulagement. Les flics de Mitzpé Ramon ayant dû couper l'I Phone de sa chérie, ceux de Tel

Aviv ne peuvent donc pas encore savoir qu'Olga est entre les mains de leurs collègues dans le sud du pays.

— Juste une précision, dit le flic. Combien avais-tu payé le bijou qu'elle t'a remboursé.

— Je ne sais plus, prétend d'abord Elias.

— Fais un effort, s'il te plait...

— Sept mille shekels je crois...

— Tu es sûr ?

— Ben non. Je ne me souviens plus très bien...

— Parce que la bijoutière dit que tu l'as payé beaucoup plus mais qu'elle ne t'a remboursé qu'en partie...

— Oui c'est une voleuse ! s'écrie Elias.

— Est-ce que par hasard, tu n'aurais pas souhaité récupérer la différence entre ce que tu as payé et ce qu'elle t'a remboursé ?

— Ah si ! Mais j'avais pas de facture, vu que c'était en espèces! J'avais aucune preuve...

— Je veux dire : récupérer cet argent par la force...

— C'est absurde ! Je suis journaliste, pas braqueur ! s'énerve Elias.

— En fait, tu l'avais payé 18.000 shekels, ce bijou...

— C'est possible, répond distraitement Elias.

— C'est d'ailleurs la somme en liquide qui lui a été dérobée...

— Ça prouve quoi ? Confronte moi à elle, et on verra !

Un autre policier entre alors dans la pièce, tenant en main un papier qu'il remet à son collègue.

— Bon, la juge autorise une perquisition chez toi. Tu préfères me donner les clefs ou nous accompagner ?

– Je veux mon avocat !

– OK je le préviens, répond le flic en se levant. Tu as ses coordonnées ?...

Il quitte la pièce laissant à nouveau Elias seul sur une chaise, mais libre de ses mouvements. A part la table que le flic a débarrassée, il n'y a strictement rien d'autre dans cette pièce, pas même un magazine à feuilleter. C'est le principe de la garde à vue partout sur terre : entre deux interrogatoires, livrer le suspect à lui-même pour l'inciter à l'introspection et lui soutirer ainsi des aveux...

Mais Elias analyse différemment cette situation. C'est d'ailleurs une révélation plus qu'une analyse. Une révélation bouleversante, car il voit bien qu'il y a une justice immanente, à être accusé d'un délit qu'il n'a pas commis alors qu'il est coupable d'un autre délit qui ne lui vaut aucun reproche. Est-ce juste ? Injuste ? Ou simplement absurde ? Ce qui est vrai c'est qu'il n'a pas braqué la bijoutière tandis qu'il a arnaqué les bédouins, mais que la bijoutière l'ayant arnaqué et les bédouins ayant voulu l'égorger, il se dit que la justice, la vraie, consisterait à juger l'ensemble de l'affaire et les culpabilités de chacun. Car dans cette affaire tout le monde est coupable et victime à la fois, un peu comme dans la merveilleuse chanson de De Palmas, qu'Elias se met à fredonner pour essayer d'oublier sa terrible situation :

Coupable et victime à la fois.

Mon cœur ne bat plus pour toi...

Ce qui serait juste, ce serait qu'Olga soit libérée, et la bijoutière arrêtée pour fraude fiscale et dénonciation calomnieuse. Ce qui serait encore plus juste c'est que les bédouins soient libérés mais qu'ils restent accusés de tentative d'assassinat. Ce qui serait toujours plus juste, c'est que tout le monde étant coupable et victime à la fois, soit remis en liberté et qu'on oublie tout ; qu'on passe l'éponge. Sauf la bijoutière, peut-être. Quelle salope ! Et puis non, pourquoi ne pas la libérer aussi, se dit Elias. Il a quand même bien aimé la sauter, la première fois. La deuxième c'était pénible, mais pas au point de lui vouloir du mal.

Seulement sa rêverie pleine d'indulgence pour tous les protagonistes de l'affaire, restera un songe creux car la loi ne connaît que des innocents et des coupables, pas les deux à la fois. Mais son sentiment le plus fort, c'est que la justice immanente ait enfin trouvé la forme qui convient. Et qu'elle ait pu ainsi trancher le noeud gordien qui l'étranglait. Ça a pris un peu de temps, mais c'est là. Les deux plateaux de la balance sont désormais au même niveau. Quelque chose d'équitable se dessine enfin. Il n'aura plus de drame de conscience. Elias est prêt à payer pour ce qu'il n'a pas commis, puisqu'il n'a pas pu payer pour ce qu'il a commis.

CHAPITRE 29

Jérémie Azencot obtient la libération pure et simple d'Olga, sans incrimination, les policiers n'ayant pas apporté la preuve matérielle qu'elle est liée à Elias par d'autres liens que le lien professionnel. Un vrai coup de bol ! Car il y en avait pourtant une, de preuve ; à portée de main, même : sa messagerie WhatsApp. Ils y auraient trouvé l'annonce qu'Elias et elle, s'étaient mis en couple le 13 novembre. Le fameux groupe qu'ils avaient créé quand ils ont renoué, les aurait trahis. Sans compter les mots doux qu'ils échangent chaque jour. Mais il aurait fallu que les flics disposent de la traduction et ça n'a pas été le cas. La juge a donc ordonné la mise en liberté de la prévenue...

Toujours un peu frimeur et un peu protecteur, Jérémie la tient par le bras en quittant le tribunal de Mitzpé Ramon, mais il ne sait pas encore comment lui annoncer la mauvaise nouvelle. Devoir lui apprendre qu'Elias est accusé de braquage, ça gâche quand même ce moment qu'il attendait avec tant d'impatience depuis la première audience. Ce sera peut-être plus facile de le lui dire quand ils seront entassés dans la Cinquecento. Et puis la présence de Diabolo lui donnera un peu de courage, espère-t-il. Ou alors Diabolo se dévouera-t-il...

Mais comme Olga doit d'abord récupérer les 27.000 shekels ainsi que son téléphone et l'Audi de location, il l'accompagne au commissariat de la ville, tandis que Diabolo repart finalement seul à Tel Aviv en tirant sur un des derniers Monte Christo de la boite à cigares. Brave Diabo ! Aussi mégalo que serviable ; aussi parrain de nature, que bon petit soldat quand les circonstances l'exigent... L'avocat propose de conduire la décapotable mais Olga préfère tenir elle-même le volant :« je ne suis pas assurée pour un deuxième conducteur » , prétend elle. C'est surtout qu'après ses quatre nuits à l'ombre, elle a vraiment envie de rouler au grand air, les cheveux au vent, dans les paysages ocres et blonds du Néguev.

Avant de démarrer, elle essaie de capter Elias, mais elle tombe sur sa messagerie et ça la chagrine un peu. Il lui manque tellement! Elle jette un coup d'œil aux quatre vingt sms qu'elle a reçus pendant qu'elle était en garde à vue, mais ne les lit pas tout de suite. Dans le lot, il y en a au moins vingt de son père. Des messages de plus en plus alarmés au fil des jours. Alors elle l'appelle en premier, pour le rassurer.

– T'as récupéré une puce, chérie ? lui demande son papa.

– Non pourquoi ? répond-elle spontanément.

– C'est Elias qui m'a dit que tu devais en récupérer une...

– Ah oui oui, bien sûr, mais...j'ai pas le temps de t'en parler là. Je suis en reportage, prétend elle. Je te rappelle cet aprem.

– Tu m'appelles d'un nouveau téléphone, c'est ça ?...

– Pourquoi nouveau ? s'étonne d'abord Olga, se rattrapant aussitôt après aux branches : « ah oui oui trois fois oui, j'ai un Samsung heu tout neuf, oui vraiment neuf, hyper neuf même, tu sais le modèle heu...

– Le Galaxy 7 ? lui souffle son père.

– Voilà c'est ça, un Galaxy 7... J'ai dû changer de... enfin bon oui enfin bref je t'expliquerai tout plus tard. Bisous p'pa chéri...

Elle démarre un peu stressée mais sans rien laisser paraître, alors que Maître Azencot cherche encore les mots pour lui apprendre que son homme est incarcéré à la prison de Ramlé...

Ils roulent en silence pendant une trentaine de kilomètres, après avoir échangé quelques banalités sur les Audi, le désert, les meilleurs bars de Tel Aviv, et s'arrêtent faire de l'essence au milieu de nulle part, à l'embranchement de Midrakhat Ben Gourion, qui mène au kibboutz Sdé Boker ou est enterré le fondateur de l'Etat d'Israël. Une station-service sur la Lune serait à peu près du même effet. Jérémie se dit alors que c'est le bon moment et l'endroit idoine pour balancer le truc, mais ils vont d'abord acheter une bouteille d'eau minérale à la boutique. En sortant, juste avant de remonter en voiture, Maitre Azencot prend la main d'Olga et, les yeux dans les yeux, il lui dit enfin : « Olga j'ai une mauvaise nouvelle... Sois forte... Tu ne vas pas revoir Elias immédiatement, voilà quoi... C'est mon devoir de te le dire : il est incarcéré... ».

Pas un mot de plus sur le moment, de façon qu'Olga encaisse déjà ce premier coup, et en effet les larmes se mettent à couler aussitôt sur le visage de la jeune femme. Elle ne répond rien, ne pose même pas de question, persuadée que tout est de sa faute ; la faute à sa piteuse équipée. Elle ne sait pas encore comment les choses se sont passées pour Elias. Elle ignore encore qu'il est accusé à tort d'avoir braqué la bijouterie de Dizengoff. Elle imagine juste qu'il s'est dénoncé pour la faire libérer et elle se sent coupable; impardonnable, même.

Alors elle tend les clefs de la voiture à Jérémie et s'affale sur le siège du passager, la tête dans les mains. L'avocat s'installe au volant en se raclant la gorge, mais il ne démarre pas tout de suite, penché sur elle et vachement ému de la voir en pleurs. Pourquoi l'émotion de cette cliente-là est si communicative, d'ailleurs? D'habitude il s'en bat les couilles. Jamais il n'a envie de pleurer sur le sort de ses clients, et quand ça arrive, il ravale facilement ses larmes. Là, et pas seulement là, mais depuis la première audience, depuis la première fois où il l'a vue, Olga l'impressionne. Qu'elle soit de glace ou qu'elle soit en pleurs, quelque chose de puissant émane d'elle et le touche.

Il lui reprend la main sans la quitter un instant des yeux : « je vais le faire sortir, t'en fais pas » , lui promet-il mais à contre cœur, car s'il y a bien une situation qui l'arrange, c'est qu'Elias soit hors-jeu. Il aime bien Elias, cela dit ; mais Olga lui plaît tellement !

Il ne pense qu'à elle depuis l'audience où il l'a vue pour la première fois. Il a pourtant vingt ans de plus, Jérémie.

N'empêche qu'elle lui fait battre le cœur comme un ado : «démarre s'il te plaît» , lui demande-t-elle dans un sanglot.

Le chagrin écrase toutes ses pensées pendant de longs kilomètres, comme une chape de béton lâchée sur une floraison de nénuphars. Rien n'émerge et rien ne lui vient à l'esprit sinon qu'elle ne va pas revoir Elias ; pas tout de suite en tous cas, et c'est comme une route sans fin qui s'ouvre devant elle. Mais peu à peu, elle remet les choses en place dans sa tête. Elle voit qu'elle s'est crue trop forte, trop maligne, en imaginant qu'il suffirait de piéger Kirzenbaum pour retourner la situation. Pourtant son stratagème a fonctionné. Il était bien pensé, bien conçu et bien réalisé. Ce qui a merdé, c'est le hasard; le petit grain de sable qui est venu enrayer la belle mécanique. Si elles étaient arrivées trois minutes plus tard dans le sentier, rien que trois minutes plus tard, elles n'auraient pas croisé le chemin des flics et ça aurait tout changé. Même pas trois minutes, d'ailleurs ; juste une minute plus tard. Mais le hasard ça compte aussi. Ça sauve ou ça condamne une entreprise ; ça transforme un rêve en cauchemar, une défaite en victoire, une bonne action en délit. Salaud de hasard ! Une fois il est de ton côté, et une fois il est contre toi. Si imprévisible et si peu fiable ! Olga en conclut que tout est hasard. Ou tributaire du hasard. Ne rien laisser au hasard, ça ne veut rien dire. De toutes nos actions, le hasard reste le maître imprévisible. Le deus ex machina. C'est ça qu'elle comprend, ce jour là. Ça n'empêche pas le chagrin, mais ça l'aide à y voir plus clair.

Après Beer Sheva, la porte du Néguev, elle reprend confiance, et demande à Jérémie de lui refiler le volant. L'avocat passe aussitôt sur le siège du passager. Il sent qu'elle est déjà sortie de l'affliction, et qu'elle pense maintenant au coup suivant. Elle est rapide et synthétique, cette fille ; imperméable au pathos. Mais elle ne sait pas tout. Elle n'a pas toutes les cartes en main et ce serait trop cruel, trop risqué, de lui dire juste maintenant pourquoi Elias est incarcéré. Elle pourrait craquer d'un coup, cette fois ; partir en vrille dans le décor. Faut pas non plus la croire en béton armé. Alors il la laisse rouler jusque dans les faubourgs de Tel Aviv, sans trop parler, juste avec du rap israélien dans les baffles, en se promettant de le lui dire quand ils seront rendus. Mais une fois devant son cabinet rue Frishman, il ne trouve toujours pas les mots., tandis qu'Olga sort les 27.000 shekels de son sac et les lui tend: « tiens, c'est tout ce que j'ai», lui dit-elle, mais l'avocat repousse sa main tendue : « on verra ça après», fait-il grand seigneur et il la quitte sans avoir réussi à lui dire la raison pour laquelle Elias est maintenant derrière les barreaux, mais en se promettant de le lui dire au téléphone un peu plus tard. Il la regarde encore, avec une insistance un peu lourde, alors qu'elle s'impatiente de repartir.

Décidément, cette fille lui fait perdre sa science exacte de la séduction. Jamais il ne s'est senti aussi relou...

Olga va rendre l'Audi à l'agence Car2Go de la rue Hayarkon puis elle redescend à pied vers la Tayelette et chope un taxi pour aller à Florentine en longeant la mer. Elle se fait déposer rue

Abarbanel, devant la galerie *Moins de mille* avant même d'aller se doucher, avant même de passer à la chaîne, avant tout autre chose, car elle veut d'abord retrouver Juliette. Le trauma de leur arrestation a créé un sentiment très particulier entre elles. Quelque chose de fort. D'incassable, sans doute. Juliette a déjà connu ça à l'armée avec ses copines de régiment ; Olga non. C'est la première fois qu'elle éprouve cet élan du cœur pour une autre fille.

Dès qu'elle la voit, Juliette laisse tomber la vente qu'elle est en train de conclure pour se jeter dans ses bras, et leur étreinte est si longue, si tendre, que tout le monde en reste médusé dans la boutique : le patron et les clients, les artistes présents et même les passants au dehors. Ils font tous des yeux ronds ; ils ont tous la gorge serrée sans comprendre pourquoi. Car, si à Tel Aviv le hug est plus fréquent et plus banal que la poignée de main ou la bise, celui-ci est tellement intense qu'on ne se lasse pas de le regarder, même s'il y a un peu de voyeurisme là-dedans. C'est juste beau à voir, voilà tout, et on ne peut pas détourner les yeux de ce qui est beau ; d'une telle tendresse ; d'une impression d'amour à nulle autre pareille. Les gens aiment voir les grands sentiments s'exprimer librement, entre deux filles aussi belles qui plus est. Et ça dure, ça dure, ça dure comme si un trop plein, une trop longue attente, quelque chose d'inépuisable ne voulait pas s'assouvir. A peine elles se détachent l'une de l'autre, pour pleurer et rire un instant, qu'elles s'étreignent à nouveau et s'embrassent comme du bon pain en faisant oh la la la la, tandis qu'autour d'elles les gens demeurent souriants, conquis, indulgents...

Il faut qu'elles sortent et qu'elles s'éloignent de la galerie pour se retrouver en tête à tête, sans témoin, avec un peu plus de vocabulaire, et que cessent enfin les petits bruits et petits cris parasites qui fuitent de leur gorge :

– C'est juste pas croyable... Ils t'ont relâchée ! fait Juliette en la dévisageant hilare. Chui tellement contente !.. Viens, on va à la boulange...

– Non non, allons au Café Landver, propose Olga en lui prenant la main. J'adore leur limo-nana...

– J'ai bien cru que tu reviendrais pas, je te jure ! J'en étais malade...

– Tu te rends compte que j'avais même pas ton numéro !..

– Ni moi le tien ! répond Juliette dans un éclat de rire...

Comme deux petites goudous de Tel Aviv, elles s'assoient main dans la main dans la balancelle du Café Landver, qui se trouve au pied des Haricots de la rue Abarbanel. C'est le siège réservé aux amoureux, cette balancelle. Et elles commandent un café Affour pour Juliette, une limo-nana pour Olga.

– Je sens pas trop mauvais ? s'inquiète Olga.

– Ça peut aller, lui avoue Juliette en gloussant.

– C'est pas ouf ça, d'empêcher les gens de se laver en garde à vue ? fait Olga en l'enlaçant et la serrant à nouveau très fort contre elle.

– Bon mais raconte... Comment tu leur as faussé compagnie ? lui souffle Juliette dans l'oreille. Elle n'a pas le temps de répondre à la question, que déjà Jérémie la rappelle.

– Eufff !.., soupire-t-elle, ce qu'il est collant lui !

– C'est qui ?

– L'avocat, Jérémie...

– C'est peut-être important, lui dit Juliette.

– Je le rappellerai, tranche Olga. Eh ben j'ai eu du bol, poursuitelle en rangeant son I Phone. Mme Bensihmoun était en train de marier sa fille, et du coup elle a pas eu le temps de faire le boulot...

– Hein c'est quoi cette histoire ? s'esclaffe Juliette. C'est qui Mme Benshimoun ?

– La traductrice... Ils lui ont demandé de traduire mon WhatsApp mais elle a pas rendu sa copie à temps...

– Ah génial ! Elle t'a sauvé la vie... Il faudrait que tu lui envoies un petit cadeau...

– Mais je la connais pas ! C'est les flics qui m'ont raconté ça...

Elles s'étreignent à nouveau, se prennent la main, se sourient, s'embrassent sans gêne ni arrière-pensée, mais l'une et l'autre sentent bien qu'elles ne font qu'éluder, retarder, renvoyer à plus tard le sujet qui les rapproche tant mais qui pourrait bien les fâcher aussi. Aimer le même homme c'est une très mauvaise idée, quoi qu'en disent Jules et Jim. Sujet explosif, Elias. Elles l'ont à peine ébauché avant d'être séparées par les flics de Mitzpé Ramon, mais il faudra bien en reparler et parler pour de bon cette fois, car pendant toute sa garde à vue, Olga n'a cessé de penser à ça : pourquoi Elias ne lui a-t-il jamais parlé de Juliette ?...

A ce moment là elles ignorent encore l'une et l'autre, la raison pour laquelle il est en prison et Juliette ne sait même pas qu'il y est. Du coup elle ne comprend pas pourquoi Olga a couru la voir en premier. Normalement quand on aime un homme comme elle aime Elias, c'est vers lui qu'on court d'abord. Mais Juliette n'ose pas poser la question, bien sûr.

– Bon allez, à la douche ! fait-elle façon cheftaine en se levant.

– Non mais attend ! Il est trop bon ce soleil, répond Olga. Dans un mois il va nous cramer comme des frites, profitons en !

Elles quittent le Landver pour aller à pied à Yafo chez Olga, et sont rendues en moins de 10 minutes. Où peut bien être Elias ? se demande encore Juliette. Les attendrait-il là-bas ? Et elle se prépare en pensée à cette rencontre improbable. Il va tomber des nues en la voyant, pour sûr. Alors, tout au long du trajet, elle s'entraine à maitriser sa colère contre lui. D'un autre côté, c'est un bonheur de n'avoir plus à se cacher ; de n'avoir plus à le voir en lousdé, entre deux disparitions d'Olga. En chemin, Jérémie appelle une nouvelle fois mais Olga ne décroche toujours pas :

– Il me saoule là !..

– C'est encore l'avocat ? s'inquiète Juliette.

– Ouai, et il veut même pas que je le paie, t'es d'accord que c'est relou?

– Il est amoureux.

– T'as tout compris !

Mais Elias n'est pas chez Olga, et cette absence devient un peu anxiogène pour Juliette. Et s'il rentrait brusquement, et la trouvait là ? Pour avoir l'air occupé elle passe quelques coups de téléphone. Elle rappelle des artistes qui lui ont demandé rendez-vous, ça lui donne une contenance, puis la galerie pour prévenir qu'elle reviendra seulement en début d'après-midi, et son patron s'inquiète de ce qu'elle ait laissé tomber un client en pleine vente, juste pour suivre sa copine. « T'en fais pas, il reviendra. », lui répond-elle sans se justifier plus que ça, mais elle raccroche en savourant intérieurement d'avoir gagné ce nouveau statut au travail. Elle fait ce qu'elle veut, elle va, elle vient, elle arrive à pas d'heure et repart quand ça lui chante. Une vraie diva. Pourvu qu'elle reste ! doit se dire le boss, pour accepter un tel comportement. A chaque bruit sur le palier, elle tressaille pourtant...

Olga ressort de sa douche un bon quart d'heure plus tard, après avoir épuisé toute l'eau chaude de l'accumulateur, mais toujours connectée en pensée à leur mésaventure :

— Ils voulaient pas me dire s'ils t'avaient libérée ou pas, tu te rends compte ? fait-elle, en nouant une serviette de toilettes sur ses cheveux. Et je voyais bien en passant que t'étais pas dans les autres cellules et ça me soulageait, mais en même temps je m'en voulais tellement de t'avoir foutue dans cette merde hou la la la, avoue-t-elle en gloussant.

— T'en fais pas, ils m'ont gardé juste deux heures, lui répond Juliette. Et je suis rentré à la fin de shabbat par le premier bus... Moi aussi je m'en voulais à mort de t'avoir laissée seule dans la merde!...

Olga passe dans sa chambre, tire des vêtements propres de sa penderie et les étale sur son lit en souriant.

Quel bonheur de pouvoir choisir ce qu'elle va mettre. Des vêtements propres, pensez donc !... Oui ça fait sourire d'aise, ce genre de choses tellement anodines dans la vie normale mais tellement extraordinaires après la captivité. Elle laisse tomber sa serviette de bain sans se cacher de Juliette, et enfile une culotte, une mini-jupe noire et un tee-shirt, tandis que Juliette sent que le moment approche où elle devra lui raconter la soirée qui a suivi son retour à Tel Aviv. Mais elle ment si mal ! Comment y échapper ?

— J'espère qu'on aura l'occasion de le refaire, ce voyage, dit-elle pour changer de sujet...

— Oh oui, répond Olga, qu'est-ce que c'est beau, le désert...

— Encore plus au sud, il y a des paysages carrément lunaires, tu sais...

— T'as pas faim ? lui demande Olga.

Elles descendent manger une salade dans la rue piétonnière d'en bas, et fatalement Olga finit par lui demander ce qu'elle a fait en arrivant à Tel Aviv le samedi soir précédent :

– T'as dû téléphoner à Manu en rentrant, non ?...

– Pas tout de suite non, répond Juliette un peu désemparée. J'étais épuisée, je voulais juste dormir, tu vois...

– Pauv'Jul ! Ça a dû être crevant de revenir en bus !... fait Olga compatissante.

– Surtout après ce qui nous est arrivé !

– Et le lendemain, tu as fini par l'appeler quand même ?...

– Heu non, avoue Juliette aussi confuse, non non, pas du tout le lendemain, j'ai attendu qu'il... Enfin, c'est à-dire que voilà ce qui s'est passé : je l'ai croisé en venant travailler voilà quoi... Et il était déjà au courant, figure toi.

Olga lui reprend la main et la serre encore très fort dans la sienne, sans chercher à savoir si elle a appelé Elias ou pas ce soir là. Ou le lendemain. A un moment ou un autre, en tous cas. C'est décidément un sujet trop brûlant. Pour l'instant trop brûlant. Elle le voit à l'embarras de Juliette dès qu'on approche de ce thème, alors elle fait diversion en évoquant son retour au travail :

– J'irai demain, dit Olga. On peut pas enchaîner - si j'ose dire - garde à vue et boulot directement. Tu crois que je pourrais m'y remettre facilement, Jul ? J'ai tellement peur qu'on me regarde comme une pestiférée...

– T'en fais pas, répond Juliette, c'est pas le plus important pour l'instant...

– Non, c'est vrai, admet Olga. Et brusquement, elle brûle les vaisseaux : t'es au courant pour Elias ? ...

– Au courant de quoi ? bafouille Juliette.

— Il est incarcéré, Manu te l'a pas dit ?

— Mais non ! s'exclame Juliette les larmes aux yeux. Il s'est finalement dénoncé ?

Les battements de son cœur deviennent palpitations, car elle ne peut s'empêcher de repenser à la soirée, toujours cette même soirée, où elle lui a conseillé de se dénoncer ; soirée qu'elle voudrait effacer à jamais de sa mémoire ; soirée de traitresse et de seconde épouse, mais sa soirée la plus délicieuse aussi ; sa dernière nuit d'amour et de plaisir avec celui qu'elle aime, mais qu'elle voudrait n'avoir jamais vécue pourtant. Elle croit maintenant qu'Elias a suivi son conseil, et elle en éprouve une drôle d'impression. Comme de la gratitude. Enfin non, pas de la gratitude mais quelque chose de ressemblant : du respect. Voilà, se dit elle, pour une fois il m'a écoutée, enfin il m'a respectée. Du coup tous ses reproches passent au second plan, loin, très loin derrière ce sentiment ; tous ses reproches tombent en désuétude. Non pas qu'elle a cessé d'en vouloir à Elias, mais une injustice est réparée. Son envie de le poignarder s'efface comme de la craie sur une ardoise. Elle se sent enfin apaisée, même si cette dernière nuit d'amour avec lui demeure perfidement dans un coin de sa tête comme un délice et un reproche à la fois. Un jour peut-être qu'elle aura la force de l'avouer à Olga. Alors tout redeviendra tendre, alors tout ira bien.

F I N

GLOSSAIRE

1. La Tahana Merkazit est la gare routière de Tel Aviv
2. Les Magav forment une unité d'élite de l'armée d'Israël
3. Motek veut dire doux, et c'est un petit mot doux.
4. Kerem Hatemanim : quartier yéménite de Tel Aviv.
5. La Tayelette : bord de mer de Tel Aviv.
6. Shlom Habaït : la paix des ménages, la quiétude du foyer.
7. Les Golanim sont une autre unité d'élite de l'armée.
8. Le Shabback est un service de renseignement militaire.
9. Oulpan : cours de langue hébraïque pour les emigrants.
10. La Hagannah et l'Irgoun étaient des organisations sionistes de bords politiques opposés.
11. Shirout : service, en hébreu. Désigne dans ce cas là un service de mini-bus jaunes qui parcourent Tel Aviv.

Printed in Poland
by Amazon Fulfillment
Poland Sp. z o.o., Wrocław